U0093263

生活是

無以名狀的

碎片

不

朽

生活永遠未完待續。

Contents

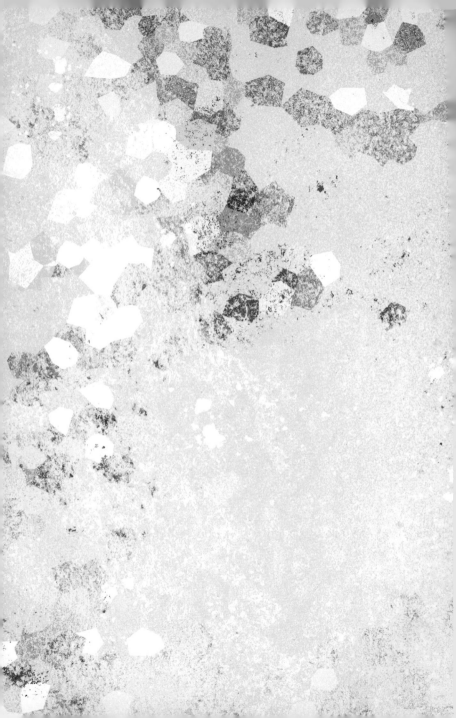

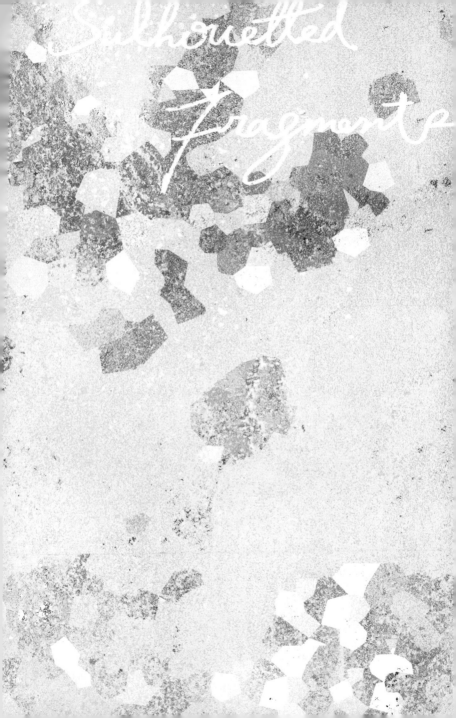

Silhouetted

Fragments

1

生活對你來說是什麼？

寫下這個問題之後，我恍神了好幾天，掏空了至今為止所學所用，卻怎麼樣也找不到一個詞語來總結，到底生活對我來說是什麼。

生活？生活？
\ /
存活

Live / Life

常常聽人談起「生活」二字時，總是忍不住嘆息和煩悶，它既不是像理想、夢想、價值那麼宏壯的詞彙，也不如溫柔、善良、美好般詩意的存在。某些時候，生活只是日子堆疊所組成的無意義的時光；某些時候，它卻是我生命的重中之重，我怎麼也無法去割捨的一切。它既是某些瑣碎的碎片，卻又同時是填滿的圓。生活、生活，因為生而活，卻也因為活而生，也許生活並沒有我想像中的複雜，生活就是我本身。

複雜的不是生活，而是我。

挑燈續書，夜半明月，在這樣的夜裡安靜地做著自己的事，為了某些目標而拚命，甚至甘願捨棄休息的時間去完成一件重要的事。看著前方的光一直奔跑，在奮不顧身的

RUN!
GO ON!

只是為了離光近一點。

由記不起的了瞬間和碎片所組成的

時刻，你感受到自己滾燙的心跳和熱愛，生活不過是為自己努力去活。

雨後天晴的小確幸，背著沉重的書包，如常地坐上公車，身旁是密密麻麻的陌生人，你卻因為有了思念的人而欣欣竊喜。不過是簡單的喜歡，卻使你喜不自勝，嚮往明天。心臟被溫柔填滿時，生活不過是淺淺的幸福。

昏睡到下午，看著日落餘暉，感受到生命的消逝，窗外下不完的雨、遠方親人的來電、無可奈何的現實、徒勞無功的自己、無法動彈的躊躇，生活像是凝膠一樣，被鎖死在原地。你忽然想起一個又一個從你身邊走過的人，那些不再出現在生活中卻仍然留在自己回憶中的人。生活不過是遺憾的總和。

生活有時像混凝土上，把我凝結在一塊負擔之地，我既無力挪動，也無所適從。

人們看起來都歡快，
我常常在想，我在人們眼中是否也只不過是熱鬧的一員？

上班、下班、吃飯、睡覺、白天、晚上、開機、關機，不停重複的朝朝夕夕，不曾停止的時間。社交平台裡朋友們開心的照片，像是來自異世界的歡樂，你也會偶爾合群地發一些生活的照片，但你知道許多片刻是無法與任何人交代，沒有任何閃光點，沒有任何值得紀念的日子。明天之後又是明天，日復一日，沒有盡頭。生活不過是無聊透頂又無法脫離的日常。

閃亮舞台，
不會輕易出現。

原來生活是萬象。
這些都不盡然是生活的樣子，但生活就是我們的一切。

我們都希望生活能夠善待自己，卻也總是積重難返，不如預期。可是如果反過來問自己，答案又會如何呢，你，有善待自己的生活嗎？
生活是與自己最貼近的東西，自己怎麼樣，狀態的好壞、

你如何看待自己的生活？善待還是虐待？

原來是我的樣子決定了生活，
是我塑造生活，而不是生活在塑造我。

希望或失望、喜歡或厭惡，一切都會反映在生活上。比如破碎的自己，生活也會跟著破碎；比如努力的自己，生活也會隨著努力而跟著積極向上；比如迷茫的自己，生活會跟著躊躇，不知道要往哪走。所以慢慢明白到，如果想要改變現在的生活，就要先重新建造自己的樣子，你投入多少去塑造生活，你希望生活以哪一種形式回饋給你，為生活付出，才能慢慢使一成不變的生活有所轉變。也就是，自己便是生活的根基，如果自己不穩，搖搖欲墜，生活就不可能漂亮地築起房子。

各為生活的房子，加上自己喜歡的裝飾，
加點酸甜苦辣，加點愛和痛苦，加點錯誤，
修補破口和裂痕，修補自己，於此其樣。
生活是我的朱聖大廈。

生活是自己的倒影。

為什麼喜歡大海？

不知道從什麼時候開始，看海變成了一種重置自己的方法。每當我經歷了什麼變故，就會想去看海。開心的時候看海，比如去旅行時，總是會不自覺地搜尋目的地內的海灣，當作是那個陌生城市的紀念；比如想起愛人，就會想要跟他看海。傷心的時候也看海，比如生病的時候，覺得所有明天都是累贅時，就去看看大海的寬容；比如失戀的時候，我和室友去了濟洲島，每天都看海，讓大海帶走所有傷害。

看過夏天的海，陽光直射在海面，閃閃發亮得不可一世；看過冬天的海，洶湧的浪濤一下又一下地推進，既遠猶迎；看過白天的海，藍得透徹，無絲毫雜質；看過黑夜的海，緩慢地翻湧，混濁得讓人看不透；看過日落的海，那水平線霸道得連太陽都可以吞噬；看過日出的海，柔軟地把太陽歸還給世界。

海，容得下一切燦爛和頹敗。

Traveler

2017年冬天，我的左手臂刺了一個小的海浪刺青，
旁邊是旅者（Traveler）的英文單字，
或許對某些人而言，海並沒有岸，而是代表著流浪。

海都一樣，也都不一樣。
很喜歡海納百川這四個字，所有世上的川流和河溪都會匯
向大海，可是大海並不會因此要傾瀉出來。我們也都像大
海一樣流動著，奔向人群，潮起潮落，絕不缺席。

想成為這樣的人啊，心裡面裝得下大海的人。

對著星光和海，忘掉一切煩事。 鄭茲予
我小坐一粒微塵，卻長於永恆。

• 你最喜歡的海是 ＿＿＿＿＿ ？
鎌倉的海，冬日的陽光下海是軟軟脆脆的，
並不刺眼，想起人們說鎌倉的海是不敗的夏天，
我好像能明瞭為什麼了，只要在那裡我就能
回到夏天。

生活是極目不盡的海。

3

你做過什麼浪漫的事？

想到很多美好的事。

比如說，坐很久的車，翻山越嶺只為了見一個人一面，不辭萬里，不問歸程。

比如說，把喜歡的人事物寫進書裡，讓喜歡成為紀念，在快樂不夠用的時候，於文字裡見面。*文字是一種相見的形式。*

比如說，寫一封長長的信，但從不寄出去，收藏在比心更遠的地方。*我的心事也許就隨著這封信飄流不息吧。*

比如說，看日出日落，感受比生命更加強大的存在，感受永恆。

比如說，在雨中和誰肩並肩地撐傘，讓雨夜的詩意在彼此之間揮發。

比如說，捧著一束花，奮力地向你跑去，和你碰個滿懷，花散了一地，我在你的眼眸看見自己。

比如說，開了一個叫做月亮的文件夾，收集月亮的碎片，成為一個棲月的人。

晚霞成為我窗內的風景，裝飾了我的牆壁，
那我呢？我成了誰的風景？裝飾了誰的牆壁？

詩意──？

陌生的街道，陌生的軌道，
隻身去尋找陌生的自己。

比如說，一個人去看陌生的風景，熾熱地與世界碰撞，在
電閃雷鳴中沉醉一整個夏天。

比如說，誠懇地把真心包裝成別緻的禮物，一次又一次把
自己給付於茫茫人海。

比如說，放任自己流入劇烈的悲傷中，捕捉所有再與不可
再的燦爛。

比如說，在一張縐紙上，默寫你的名字，筆筆有聲，字字
確鑿。

比如說，凌晨四點零四分，把自己融於夜裡，甘願作萬物
的附庸。

甘願匠眼於美好事物。

比如說，在無人惦記時，唱一首舊歌。

這些看起來都不切實際，但它們十分美好，炙熱且情深，
瞬間即永遠。

我一個人吃飯 旅行 到處走走停停
也一個人看書 寫信 自己對話談心
只是心又飄到了哪裡 就連自己看也看不清
我想我不僅僅是失去你

阿榮－葉子（2003年）

你我也是宇宙的一部分，
如果你也覺得這很浪漫，
也就意味著我們每個人都是星星。★ ✦

有一陣子非常熱中於天文學，看了各式各樣關於宇宙和星辰的書籍，勞倫斯·克勞斯在《一顆原子的時空之旅》中寫到：「你身體裡的每一粒原子都來自一顆爆炸的恆星，形成你左手的原子和形成你右手的原子也許來自不同的恆星，這就是我所知的物理學中最富詩意的事情：你的一切都是星塵。」

好浪漫啊，太空什麼都有，可是它卻叫做太空，可能什麼都有的本身就是一種空洞。

原來整個宇宙都是浪漫，而我們只需要捕捉億兆分之一的碎片，就足夠成為一個至死都浪漫不渝的人。

我熱愛所有不切實際的事物。

為了那些毫無意義的事物努力和不思進取，不失為一種古老的浪漫。

復古的事物都大抵浪漫，有一種穿越時間的軌跡。
例：信件、留聲機、拍立得、黑白電影、卡票⋯⋯

如果你覺得這些浪漫都離你太遠，那沒關係。

有時候浪漫不是一束盛開的花，而是日常生活中說很多很多的廢話。

珍惜那個一直和你說廢話的人啊。

● 你覺得最浪漫的三個字是 ＿ ＿ ＿ ？

明天見。

只要想到明天可以見到你，

我就可以忍受所有今天生活裡的為難。

明天見吧，在無數個明天裡，見吧。

生活是浪漫至死不渝。

理想的愛是？

曾經以為愛情就像是雨果說的那樣：「把宇宙縮小成一個人，把一個人擴大到上帝，那就是愛情。」

是啊，這樣的愛情很熱烈，那個人是宇宙的唯一，是自己的全世界，但同樣地，如果宇宙殞落，那麼我也會跟著殞落。把愛人看成神的愛情，太卑微了。

我理想中的愛，不必把一個人看成宇宙，不必卑微地降低自己的位置，不必成為眾生，不必無條件地給予或接收，不必約束，不必懂事，不必成熟，不必犧牲。※※※

我們很常用犧牲來衡量愛的重量，可是真正的愛不應該只是割捨。只有割捨的愛情，太疼痛了，那應該叫做痛苦，而非愛。如果一切為了愛的犧牲都是心甘情願的話，你就不會覺得那是犧牲，而是給予。心甘情願地給予，就是一種換位的收穫。因此一旦我們覺得那是犧牲，就認定了那

有時候愛也會疼痛，讓你心甘情願的疼痛，就是愛。

是損失。沒有人應該在愛情裡一點一點地削切自己去成全
對方，同樣地，我們也不會希望看見對方掏空自己，破破
爛爛地來愛自己。這樣的愛情，沒有一個人會快樂，也沒
有人會倖存下來。不要把犧牲當作偉大。那只是一場綁架。

愛情者和加害者也許是同一方。

愛應該是彼此豐盈，而不是彼此消耗。

我們可以一起享受瑣碎的時光，也可以一起承擔生活的刁
難。不只分享快樂，更是分擔痛苦。生活有時候很不友
善，有時候善良的人也會受到莫名其妙的惡意，而愛就像
是一雙手，無聲地撫平一切的摺皺，在跌落時緊緊地抓住
自己、撐住自己，免於世界的腐蝕，造一個彼此可以一起
做夢的空間，就是愛。
需要你，也被你需要。

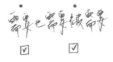

每個人在愛裡都是新的，所以有時我給的不是對方要的，有時我不知道對方給的愛，是否如我期待，不安是理所當然的。遇見不是為了視而不見——

明白到沒有人在愛裡總是游刃有餘，如果要不安，那就一起不安吧。

我們不需要成為彼此的世界。

我們一起看更大的世界。

不是耗竭對方，而是相互救贖。

前陣子喜歡的演員結婚了，新聞裡放出兩人各自接受採訪的片段。那時大家都不知道他們正在談戀愛，但是他們訴說到喜歡的人時，眼裡有光，有數不盡的笑意。
他們的言語之間無一字談及愛，但你知道，愛溢滿出來。
原來愛有跡可尋。
是啊，我們只有在懷著愛的時候，才會滿懷希望。只有在心生念想時，忍不住的眼神裡，才會透著光。

忽然覺得愛好難懂又很易懂。

不過就是，那人讓你眼裡有光。

● 一首關於愛的歌。
想到愛，便想到 coldplay - Fix You
`and I will try to fix you.`
我會試著去修補你。
很美好，不說那些做不到的誓言，
不輕言我一定會修補好你的破碎，
而是靠來地低喃，我嘗試著，我會試著。

生活是有跡可尋的愛。

什麼會帶給你安全感？

寫得滿滿的日程本，讓我意識到我的日子沒有荒度；雜七雜八的備忘錄隨筆文字，讓我沒靈感的時候可以從以前零碎的文字中尋找新的想法；確認自己存款的餘額，知道自己生活有更多的選擇；關於偶像的新消息、新的演唱會或新專輯讓自己覺得明日可期；貓貓等我回家，讓我生活有事可念；整理好想看的影視作品和書單，讓我不會感到日子無聊透頂；正在路途上的快遞包裹，為我的生活添加新的東西；室友煮的飯，讓我不用為今天該吃什麼而感到苦惱；擁有想要完成的目標，讓我不怕歲月太漫長。

安全感就是有著落的感覺。

生活就是一條險象環生的空中吊橋，你感覺自己隨時有可能懸空掉落，往前走或往回走一樣危險，停下來更是心驚膽跳。但無論如何你都要邁出一步，而安全感就是穩穩接住你那一步的踏板，讓你站好，讓你踏實，讓你的心臟不再虛空。

每個人都欲蓋彌彰地掩飾著自己的不安，
使自己焦慮的也許不是任何人，而是自己的不自信和自卑。

最終你會發現所有不安都是因為害怕，害怕是因為不相信
自己，所以下意識去尋找一切來支撐起自己，企圖讓外界
的事物去填滿自己的內心。所以你總是患得患失，總是想
再三確認，確認自己的真心有所回應。確認到最後你發現
沒有任何人能給你確信，因為你根本不相信自己值得。

很多人覺得安全感就是被愛的感覺，我並不認同，讓你感
到安心的不是任何一個人的呵護或溺愛，那的確可以給你
補充信心，但那不能一直給你安全感。早晚有一天你需要
再三去面對自己的不安，沒有學會接住自己的不安，即使
被任何人填滿，也都只是徒然。安全感應該是不害怕的力
量，不害怕失去，不害怕擁有，不害怕掩掩蓋蓋的缺點被
人發現，不害怕自己沒有想像中優秀，不害怕長大，不害
怕衰老，不害怕從前，也不害怕明天。

無所畏懼，就無所謂失去。　　　　　自信之處？自卑之處？

生活是接住懸空的自己。

內 心 強 大 的 人 是 ？

這個世界不存在無堅不摧的人，也不存在攻無不克的生活。真正的強大，不是指能力有多強、有多厲害、個人成就如何、達到什麼高度。強大是一種內心的力量，也是面對生活一切的能量。

我認為的內心強大是，允許。

允許所有美好的存在，允許與美好相對的陰暗；

允許相遇的同時，允許與相遇反之的錯過和離別；

允許夢想的滋生，也允許期望的殞落；

允許人們為了生存而努力，也允許有人因死亡而安然；

允許事物擺放在自己眼前，也允許它們貫穿生命而過；

允許城市的豐沛，也允許土壤的瘠薄；

允許大海中的隨波逐流，也允許洶流中的乘風破浪；

允許命運的嘲諷，當然，也允許萬事萬物的瘋長。

世事無絕對，我也無絕對，世事偶爾出錯，我也偶爾出錯。

既然我也有自己想走的路，
那麼我也要允許他人走他們想走的路，不是嗎？

允許犯錯、允許自卑、允許他人的批評、允許噩夢、允許荒涼、允許不完美、允許無絕對、允許有時悲劇只是碰巧發生、允許傷心得毫無預警、允許頹唐、允許破碎、允許自己絲毫不長進、允許暗夜無光和雨夜無月、允許衰老和生病、允許生命的頑強和消亡。

允許是面對生活一切的力量。

也許乍看之下允許跟接受很像，但是出發點完全不一樣。接受是被動地接收和承擔，而允許則是主動去接納和認為，這並不消極。
這也是一種認清事實，不去埋怨已經發生的事，也不會自怨自艾，有些好事和壞事的發生並沒有任何常理可言，也不是任何人的過錯，只是選擇與選擇之間交疊的

我不想去理智已經發生的一切，
仔細去思考，我任何理智都只是一種無效掙扎。

結果。事情發生了，糾結是別人的錯還是自己的錯並不能扭轉過去的時間，先允許和認清事情的發生，然後找到問題所在。再試著去解決或釋懷，即使這個過程有許多不快樂和不捨。

誰都有狀態不那麼好的時候，明白到每個人都在用自己的方式努力生活，不必感到挫敗也不必擁有優越感，沒有誰比誰高貴，我們都只是自己故事中的主人公。知道自己在做什麼，不會看不起低潮中的自己，認真看待自己的深淵，不忘許願。

允許一切及容納萬物。

我的心臟就是我的百寶袋

我允許任何事情的發生
我允許，事情是如此的開始
如此的發展，如此的結局

我允許別人如他所是
我允許，他會有這樣的所思所想
如此的評判我，如此的對待我

我允許我有了這樣的念頭
我允許，每一個念頭的出現
任它存在，任它消失

我允許我升起了這樣的情緒
我允許，每一種情緒的發生
任其流動，任其穿過

我知道，我是為了生命在當下的體驗而來
在每個當下時刻
我唯一要做的，就是
全然地允許，
全然地經歷，
全然地享受，
允許一切如其所是。

海靈格《我允許》
（節錄）

生活是容納萬物的口袋。

偶像之於你的意義？

又一年五月過去了。

以前的每個五月都像慶典，都是紀念。

五月沒有五月天。疫情也不過是兩三年的時間，我已經習慣，習慣生活沒有煙火。那些為了追星而千里迢迢奔赴山海的日子，原來已經離我那麼遙遠了。

我呢，對這樣在生活中擺盪的我，我是否滿意，是否能夠像從前一樣，帶著更好的自己去見他們呢。

從第一本書到現在，為偶像寫過許多文章，寫的是狂熱，寫的是遙望，寫的是翹首以盼的期待，後來也寫過日常和習慣。我好像已經能在生活中駕輕就熟地經歷曲折，曾經託付給你們的壯志和躊躇都已變成不可折返的昨日，我再也沒有明目張膽地喜歡，也不再舉起信仰的大旗張狂地聲揚。一切就像有風拂過，而我把你們藏進更深的隻言片語裡。

有時候忙了一整天不曾想起過了你們的消息，我們如同生活在平行世界，時空不曾有任何交集，你們繼續發亮，而我在生活中喑啞。

為什麼美好的事情反而讓人掉淚？

生活的謎底到底是什麼？

這一年不知道為什麼，不常流淚的我開始因為一些小事而潸然淚下。難過的事不再讓我哭泣，變得堅韌的我卻總是因為一點小小的美好而淚流滿面。我不再在乎窗外下了多久的大雨，可是陽光透進窗戶時，我竟哽咽起來。我在想這會不會就是深藏在生活迷宮裡的謎底。

我過得不是很好，吃了很多藥，也還是睡不著。可是與最不好的自己比起來，還是好了那麼一點點，這竟然讓我想哭。 我越來越眼淺了（粵語中指容易哭的人）

五月的最後一天，我背負著像一卡車那麼重的生活，繼續默默地前行。那天又下起了雨，我沒有帶傘，途經一間小店短暫地避雨，那裡居然播放著你們的歌，一首常常出現在我耳機裡的歌突然走進了我真實的生活中，我站在那裡把整首歌聽完。明明你們從來沒有離開過，我卻在那一刻感受到穿越時空的感動，這樣小小的美好讓我想哭。

屬於我的兩年，我的靠山，我的烏鴉龍。

・追尋追的是什麼？

沒有什麼是必須要化收的，追尋不是也賽成成就，是減少生活的負擔，而不是增加生活的負擔。

心旌搖顫的瞬間，我意識到，你們不會讓我完全潰不成軍。

狂熱不是愛的唯一形狀。

你們影響著我，無論是過去還是現在，抑或仍未到來的未來，這一點，是絕對不會改變的。所以不是瘋狂地去愛也沒關係，你們給予過我的，不會消失，而是變成了我的一部分，我仍然帶著它們前行。這或許也是愛的一種。

你們不會替我解決任何問題，我的生活仍然一卡車那麼重，但我一聽你唱歌，就覺得生活中的某些片刻被鑲上金邊。這麼一首歌的時間，我的腳步變得輕盈，那生活的卡車突然就像失重了一樣，你隔空托住了我。

我偶爾結積薄冰，而你像驟起的燈明，安靜地將我撫平。

我仍然聆聽你，仍然仰望你。

一言不發，卻予我破漏的生活隱隱回聲。

下一次見面，我還是會不顧一切地奔向你們，
聽聽你、仰望你。

一切都美好，就是夠使我破涕成間的生者箴光，
這就是你無聲的魔法。

● 想和偶像說的一句話？
「_____。」
來自一個和偶像說過話的過來人（我確是誰><）
在偶像面前，除了你好和謝謝謝之外，什麼都說不出來 QAQ

生活是無言的仰望。

你想成為怎麼樣的人？

我想要成為的人，一直在轉變。

懂得越多就覺得自己懂得越少。

小時候因為家庭的限制，想要成為一個自由的人，於是拚了命地想要掙脫限制，去更大的世界。去更大的世界，意味著遇見更多的人，我不再是（尚可這麼說）井底之蛙，我有了一點點閱歷，知道世界並不止以一種規則運行。社會上有形形色色的人，而我湧入生活的波流中，發現我並沒有不同，自己是如此的平凡和普通，於是那時我想成為一個優秀的人。被更多的人看見，就能有所不同了吧。然後花了很多的努力，建立起「不朽」的這個身分，有了一些話語權，活在他人的目光中，能說的話越來越少了。我開始意識到自己的虛假和分裂，「不朽」是我，又不完全是我，我無法掌握圓滑和虛偽的差別，於是乎我開始許願我可以成為一個誠實的人。無論對人對己，保持著真心，撕開自己的面孔，打掃心裡腐爛的地方。

人是善變又喜忘的，這是一件悲傷的事嗎？

2019 想成為努力的人
2020 想成為一個敢愛敢恨的人
2021 想成為誠實的人
2022 想成為一個保持好奇心的人
（於是開始了每日一問）
（於是有了這本書）

之前看到有人說，當你想不到要怎麼誇一個人的時候，你通常會說「可愛」，潛台詞卻是這也不差那也不差，卻沒有其他獨特的地方，相對來說是比較平庸的稱讚，不像是「美好」、「溫柔」、「優秀」等褒義詞。就像是當我們說「你已經很努力了」，總是離好差一點點，帶著些許孩子氣，是安慰獎，客套的「謝謝參與」。

回想起自己說「可愛」的瞬間，確實不是什麼驚天動地的美好，很多時候並不激動人心，或許也不深刻，但是我不認為這個詞很平庸。如果要去解釋「可愛」的話，我會把它形容為「可以讓人愛上的人事物」，而事實上任何事情在達到喜歡之前，都需要經過「可愛」這個階段，心臟輕輕一顫的瞬間。

喜歡可愛的人啊啊，發現別人的可愛，
發現自己的可愛，發現世界的可愛，
發現生活的可愛。

我覺得可愛就是心臟變得柔軟。

好喜歡這樣的瞬間啊，每個人都有可愛之處。能夠發現別
人可愛的瞬間，也能夠成為別人眼中的可愛的瞬間。

前兩年寫《所有溫柔都是你的隱喻》時，裡面寫了句這樣
的話：「生活不可愛的時候，要記得讓自己可愛。」隨著
年紀漸長，生活中「可愛」的時刻越來越少了，更多的是
現實的考量、成熟、思前顧後、老練。生活越來越不可愛
了，不再允許幼稚和孩子氣了，全世界都告訴你要去追求
更加美好和漂亮的東西，要成為偉大和燦爛的人，可是我
忽然想留住這些可愛的瞬間，成為一個可愛的人。
我仍然希望自己能活得可愛，可以一直去愛。

我們的人生中絕對不只想要成為一種人。

你相信人可以徹底的改變嗎？

我不相信什麼本性難移的話，誰不是一邊跌宕一邊成長。

如果沒有想成為的人，那就定下自己不想成為的人吧。

我的不成為清單：　✗ 粗糙　　✗ 只會理性
　　　　　　　　　✗ 尖銳　　✗ 毫無感覺
　　　　　　　　　✗ 自以為是　✗ 無趣
　　　　　　　　　✗ 只重得失

我想成為的人會隨著我的遭遇和經歷而改變。
比如一個花心的人可以在遇到真愛後專一，
比如從前的壞人可以悔改，成為一個好人，
那我呢？我會不會成為和自己完全不一樣的人？

我變了多少？
我最大的改變？
我至今為止的不變？

生活是人間的修煉。

什麼是你人生中的光芒？

前陣子電台節目主持人問的最後一個問題讓我印象深刻，
作為對《月亮是夜晚唯一的光芒》這個書名的一種回應，
也作為節目的總結，他問：「什麼是你人生中的光芒呢？
是什麼照亮你的生命呢？」

光芒光芒，以前我常常覺得光芒的存在很遙遠，我想我們
都曾經試過去愛一些遙不可及的人，看見光芒或者遙遠光
源時的自己，總是在仰望，總是在靜靜地看著，然後在無
聲之中給自己前進的力量，讓我一直往前。這就是為什麼
光芒在我們生命中如此重要的原因，我們需要被照亮，被
照亮才能繼續長途跋涉，才能看清楚眼前的危路。於是我
們不停地尋找，找一些讓自己能夠活得下來的理由。

回想到至今所有讓我前進的光源，原來都並不遙遠。我一
直以為是被什麼照亮了自己的人生，事實上並不是如此，

並不是我被什麼照亮了，而是我願意被什麼照亮，比如夢想、比如偶像。因為喜歡和願意，那些事自身的光才可以照亮到我這裡，所以其實光芒並不是任何人事物，光芒是我們自己，我們的渴望，我們的嚮往。

我渴望什麼，什麼擁成為我的光芒。

我發現這就是我的安全感，我的光芒，我的「想要」。想要去愛什麼、想要做什麼，想要去感受什麼、想要去尋找什麼，想要去吃什麼、想要擁有什麼、想要買什麼，想要達成什麼，想要成為什麼人。這個「想要」，可以很膚淺、很幼稚，在別人眼前根本不值一提，就像是我為了想要拍好看的畢業照而竭盡所能地完成研究所的課業那樣。生活大抵只是一些庸俗的二三事，不過就是因為這些微不足道的小渴望，一直一直拉扯著我往前，讓我有所想也有所望。

2022.7.22記
我已經順利畢業了，可以實現拍好看的畢業照的渴望了，期待今年這本書出版後的簽書會可以帶著我的碩袍去見大家了。

很渺小吧，這樣的光點，可是這就是生活的奠基石，心的著落點。

許一些願。
縱使舊願未償，我仍會立新願。

不要停止盼望，願望應該鋪滿我們的一生。

我們一輩子是由願望而組成的，
一張長長的願望清單即代表我們的生命。

最近頻繁地想起以前在書裡的一句話，
偶爾會有這樣的時刻，來自過往的拼湊
越時空張泉地撫摸現在的我。

「勇往前進，擁抱讓你熱望的一切。」

生活是一張願望清單。

朋友是什麼？

不是擁有，而是擁抱。

我們總是覺得所有的關係都是一種擁有，所以常常會有莫
名的佔有欲。希望自己是對方的第一位和唯一，總是想要
宣示主權，於是這也變成了一種約束。明明應該是美好的
情感，卻成了人與人之間感情的比較，她跟我好一點，他
跟我沒那麼好。以為這樣子就能擁有一個完整的朋友，但
事實上，我們誰都無法真正地擁有一個人。
朋友不是屬於我的，我也並不屬於任何人。

我最想感謝的人，是我的室友。 *G小姐，巨蟹座 ISFJ*
從大一認識開始，到我大二轉系，和她的朋友圈開始不同
之後，我們都有自己的生活要過，各自拚命地打工，但晚
上回到宿舍的時候，偶爾會一起聊天。那一陣子她開始學
韓文，比她早很多學會韓文的我，成為了她生活中第一個

經常被認為是韓國人的我們，一個來自香港，一個來自馬來西亞。（我）（她）

以前很努力在把他認為朋友的親近
可以用秒數的共享程度來決定，甚至
變得人與人的情感可以排名和成為自己
成就的一種，而事實上那是比較，而不是
建立在心上的存在。

可以用韓語對話的人，於是我們總是用不熟練的語言跨越
別人的目光聊天。後來我想要申請去韓國交換學生，她說
她也一起去，我們就在同一個學期申請不同的學校，來年
在異鄉，再繼續打拚。

後來我在韓國的精神狀態很不好，她會坐一個多小時的車
來給我送粥。我們也會爭吵，有一陣子我深陷戀愛之中，
她常常抱怨我沒有分時間給朋友。到後來我們都回到台
北，準備大學畢業，決定畢業後一起住。我們常常意見分
歧，她有潔癖，而我生來隨興，不愛整理。我失眠總是日
夜顛倒，她早睡早起。我會為了她開始收拾，她會為了我
深夜留一盞燈。

人與人之間的默契是需要時間建立的。

允許彼此的不同，然後尋找最適合彼此的相處方式。

每個人都像是形狀不一的碎石，需要時間打磨而成。

我們以前常常因為一些小事吵架，比如當急了好的
事情沒和對方做好到，我就會無所謂，在她的眼中
就是不在乎，我不夠在乎我們的友情，但在我的眼中
是尊重，把那些事情不如預料，並相信以後的我們可以做到.

在我們相處得很順利時，我有一天忽然跟她說，我想離開
去一個新的城市生活，我決定要去念研究所。她說好啊，
你想去就去。我曾經寫過：「愛是可以陪你走很遠很遠的
路，也可以送你走你想要走的路。」那時我才知道，她很
愛我，不止一點點。我想她也知道，我是留不下來的人。
臨走之前，擅長整理的她陪我收拾行裝，當天我們一起午
餐，沒有哭沒有鬧，就像是日常她出門上班一樣，這只是
漫長的人生中一次短暫的離別。她沒有說什麼好好保重，
要照顧自己之類的話，我們就這樣，沒有凝重的離別，一
起轉身，她奔赴日常，我奔赴遠方，一如既往。

後來她一個人租了一間狹小的房間，我研究所放寒假，回
台北時寄住在她家，沒想到疫情就爆發了，我就一直寄住
到她租期結束。後來我決定留下來，因緣巧合之下，我們
共同領養了兩隻貓，然後搬去一個更大的地方，展開了兩
貓兩女的同居生活。

十年過去了，來來去去，離開又歸來，我們仍然用韓文對
話生活，一起追星、一起養貓、一起去看很多很多的海、
一起去做很多不切實際的事。我們還會爭吵，也還會互相
取笑，一切都變了，一切又沒變。

我為她寫過這樣的話：
假如你決定離開，我會笑著送你走。但你要記住，只要你
回來，無論如何我都會衝過去擁抱你。
用盡全力擁抱你。

一起生活的小日常，
因為工作的關係，她每早朝的打話五點
就要起床，而我已經習慣失眠，習慣
早上睡去，我變成了她的鬧鐘，她變成了
我的睡眠提示。

生活是一個堅定不移的擁抱。

生活中有什麼小迷信？

回想我現在所有的目標，我都不會去想，我能或不能做到，而是去想我該怎麼更好地做到，而這些事都順理成章地完成了。反之，一旦我出現任何質疑，不管是質疑環境還是自己的能力，一旦我的目標出現了懷疑的裂縫，我就會失敗，不好的預感總是會應驗，從來不曾錯過。我自己先預想失敗的畫面，這個畫面會不斷地浮現，成為我的煩惱，而一旦我要做的事情成為了煩惱，很大的機率，我不會做好這件事，因為我連自己都不相信自己會做好。

比如念研究所的事，有一陣子我完全沒辦法寫任何故事，我覺得自己寫不了，就像是原來會的事情突然間不會了。我不知如何是好，常常看著空白檔案發呆，然後一天就過去，看著繳交日期不斷燃身，可是我依然無能為力。我不夠相信，我覺得自己做不到，然後我真的做不到，我為自己的挫敗買單。然而當我丟棄了這個想法，重新下定決心去寫劇本時，腦海裡不會想我寫不好這個故事，而是去想

吸引力法則的存在真的很可貴，當你真心想要做一件事時，全宇宙的力量都會聯合起來幫助你。

主人公該在什麼時候做什麼事，做不做得到已經不在我腦海的選項裡了，有著只是如何去做得更好。

我才意識到，我不是做不到，而是不夠相信。

最近在練習吸引力法則。簡單來說就是有一股莫名的力量在主導，我們可以隨時向宇宙下單。但是我知道並非如此，那是相信的力量，相信自己可以達到，這不是僥倖，不虛不假，這不是宇宙的力量，這是我的力量。

就像你的面前有一座斷橋，你需要費120％的力量才能跳過去，但你知道自己一定會跳過去。你沒有任何質疑，相信自己所以不曾猶豫地往前衝，你沒有決死的心，因為你知道自己不會死，不會掉下去，而一旦你開始懷疑，你就會卻步，你就沒辦法全然奔跑，你就會掉下去。

相信自己，然後自己才不會辜負你。

擁有信心才能所向披靡。

生活是相信的實現。

快樂是什麼？

快樂是不可預知且無法留住的某些易逝的瞬間。

因此它充滿不確定性，相信大家在生活中一定經歷過「對一些事情充滿期待，但結果真的到了那一刻反而沒有預想中的那麼快樂」的經歷吧？所以我覺得快樂一旦存在期待和預想，就會增加我們與快樂之間的距離，因而離它越來越遠。

我發現自己只要是帶著目的去快樂，最終都會陪失望收。

快樂不是生命唯一的目的。

大家都說要快樂，要快樂，但快樂始終只是一個如同煙火的瞬間。更多的時候，是幻想的虛象，一旦伸手緊握，它就開始消逝。於是存活在記憶中的快樂，總是模糊和失真，如同鑲著銀邊的雲朵。人是沒辦法保存快樂的，想要長久留住這樣的瞬間太難了，就像是你想要掌控時間那樣，想要抓住虛幻的東西的自己，又要怎麼快樂起來。

人生許多重要的事情都並不能使人快樂，愛人與被愛，捨

快樂不是最重要的！！

得與獲得，努力奔跑卻又跌倒的時刻，期望後失望的神情，靈魂燦爛與腐爛的過程。美好的時光並不全部由快樂組成，快樂不是生命唯一的目的。

所以，現在過得並不快樂也沒有關係噢。沒關係。

如果快樂不能掌握也無法預料，那我們怎麼樣才可以做到「快樂點」呢？還是說，這是一個無法實現的命題呢？
方法便是不要對快樂產生依賴，因為這樣只會讓自己陷入「想快樂卻永遠無法滿足快樂的需求」的狀態。實際上，人生很多時候並不像黑與白那樣清晰地劃分出來，甚至快樂和痛苦可以是重疊在一起的。如果只是把快樂當作人生微小的一部分，當你不依賴快樂就不會因為不快樂而難過。當快樂不再是你的目標，而變成生活某一部分小小額外的獎賞和獲得時，快樂的瞬間就會慢慢地變多。

如果只是為了快樂，那人生很多事情都失去意義了，
比如工作、家庭、感情、教育、政治、新聞、歷史、
科學、文化、探險、慈善、成長、學習、etc.

或許快樂不是結果，不是一種可以「得到」的成果，而是一種過程中的狀態，我做一件事不是為了得到快樂，而是快樂地去做一件事。

雖然大家都會迷惑，如果人生不是為了快樂，那是為了什麼？當然這個問題，我不能替任何人回答，因為每個人生命中重要的東西都不一樣，只有你的內心深處知道你的一生是為了什麼。

之所以說快樂不是唯一的目的，是因為生命裡有很多事情比快樂更重要，對某些人來說，可能是去愛，又或者是去達成一些成就，又或者是實現自由、實現理想。你問我這個過程快樂嗎？我可以肯定地回答，並不快樂，如果有個人可以毫無痛苦地實現一生的嚮往，那一定是個神話故事。「實現」的過程絕大部分的時間都會非常煎熬、備感艱辛，為了想做的事而百般受折磨，反覆碰壁，甚至會失去活下去的意志，會飽經悲傷，會被現實打擊，會嘗到失敗和挫折，會被打破和崩壞。如果只是為了快樂，是支撐不下去的，是絕對熬不過這些樹倒根摧的痛苦時刻的，因為這些都絕對與快樂扯不上關係。由此所知，快樂只佔人

很喜歡以我的当处暗己的难提出的，每天快樂五分鐘就好。
看夕陽、兆行、趕地車，也許得到台意到一件好笑的事，一分鐘
看書的一頁，也許，這樣一秒一秒地累積下來，
一天只需要五分鐘的快樂，就可以活下去。

生很小很小的一部分，雖是很閃亮的一部分，但不是最重
要的部分。

可是啊，不快樂就不美好嗎？並不。每個過程、每次困
境、每次嗟嘆，甚至是每次腐爛和破碎的時刻，我都覺得
很美好，都是生命的長鳴，都值得珍重。這就是我覺得僅
僅是快樂無法給予我的，那種熬過絕境後破繭而出的瞬
間，不單單是「快樂」就可以概括的。

多麼可惜啊，這些生活中種種的蛻變，只是為了「快樂」
的話，太可惜了。

以後，比起「你要快樂一點」，我們可以去說「不快樂也
沒關係」。快樂也許是我們人生的習題，但它絕對不是人
生的唯一。

我不需要再快樂一點，
我可以不快樂，可以的，不快樂也可以過得很好。

生活是易逝的狂歡。

你的勝負欲強嗎？

我以前一直以為自己是很「佛系」的人，這一陣子大家都
著迷於用這個流行詞。很多時候什麼都無所謂，不太在意
名次和數字，無欲無求，看淡一切，於是網路上就出現了
各種相關的討論，例如練就佛系生活，學習看開一點。我
也是其中一員，反正自己有努力做每件事就好，我不在
乎，不要去在乎，戴著落落大方的面具示人，沒有稜角的
人容易匿藏於生活之中，這樣我就不會被生活的苦難發
現，這樣我就可以避開荊棘。有時候我會被自己這樣虛偽
的知足常樂刺痛到，失去野心，變得「佛系」的你，生活
更快樂了嗎？沒有想贏得什麼的你，就能戰勝生活了嗎？
還是，我只是以為失去意志，就能阻止失去呢？

前幾個月一直在忙研究所的事情，其實中間並不順利，甚
至是年初的時候，我仍然一集劇本都沒寫。實在是沒有靈
感，寫什麼都覺得礙眼，眼看著同門同學都已經進度滿

你是真佛系，還是假裝佛系？

有時候不是沒有好心，
而是沒有能力。

滿，自己雖然也很焦慮，但並沒有說一定要超越同學，寫得比其他人都好，因為自己當下真的沒有能力寫好一部長篇懸疑電視劇劇本。我甚至想過可能要延畢或者休學，來解決（逃避）這個停滯不前的自己，我沒有想贏過誰，我很「佛系」，我想逃離這場人生的比賽，說服自己，不是所有事情都有輸贏，不必和任何人較勁，我有自己的時區，誰也沒辦法強迫我做任何事。

於是我就這樣，一直逃避，躲躲閃閃，被時間追趕，卻還在跟生活玩捉迷藏。

當時老師一直在催我，但我仍然拖延著，老師應該早就受不了我毫無上進心的模樣，他說了一句：「我覺得你寫不完，如果你能按時完成，應該是奇蹟吧。」我看著這個訊息，發了一天的呆。人真的很奇怪，可以接受自己無限擺爛，但是無法接受別人篤定你的擺爛。可以接受自己做不到，但不能接受別人認定自己做不到。

於是我就開始閉關，下定決心寫劇本，從零開始，從無到有，從一片空白到內容滿滿。最後按時繳交，順利高分畢業。我不知道我是在跟誰嘔氣，又或者只是幼稚地想證明老師對我的想法不對。可能我只是不想後悔，但這種「想證明一切都不是奇蹟的念想」堅定了自己的意志。有時候勝負欲不在於想贏，而是不想認輸。

我跟朋友分享這件事，她說她早就知道我做得到，我問為什麼，我這麼「佛系」的一個人隨時隨地都可以放棄做任何事。她說：
「因為你不甘心啊。」
「你何必假裝自己是一個毫無野心的人。」

有時野心是件不好的事嗎？
為什麼大家都想隱藏自己的野心？
（包括我）

我有種當場被摑了一巴掌的感覺。我以為的「佛系」，只是一場自欺欺人的表演，我一直都不想輸，不是想贏過誰，不是想把生活踩在腳下，不是想做什麼事都水到渠成，我只是想告訴自己，我也做得到。我有能力做到，我有資格做到，我值得好，也值得更好。

我還想要，我還想要。

這是勝負欲嗎？我想和誰分出個勝負嗎？
我只是不想看不起自己。

生活是與自己的較勁。

如何抓住靈感？

作為作家，最常收到的問題：怎麼在生活中尋找靈感？

每次簽書會或採訪時總是會有讀者這樣問我，我的回答也總是一樣，要觀察細節，然後把它們存起來，等到靈感不夠用的時候拿出來，可以溫暖自己一整個冬天。

我們的日常不總是有趣，生活的船隻不會每天起航，總有停泊的時候，我們心裡的土地也是，總有貧瘠的時候。所以我們要學會儲存，在快樂的時候儲存快樂，在光亮的時候暗藏光亮，在靈感夠用的時候收集靈感的碎片。

不需要什麼偉大的想法，有時候僅僅只是一個詞，就足夠成為一本書的全世界。

很喜歡翻閱詞典，算是一個自癒的小習慣。

身邊一定會備著一個小本子，每次當我發現一個新的詞語、成語、諺語，我都會第一時間把它們記錄下來，留作日後書寫時給自己提供靈感。這個本子我總是隨身攜帶，

已經被我翻得破舊，有些紙頁已經快要脫裝了，可是我仍
然愛不釋手。

有些東西，就是越舊，就越珍貴。

又是一年冬天，我的冬日病犯了。

萬物猶黃，什麼都沒有生存下來，我的活力和靈感也是。

我常常以為冬天凝結了時間，但其實不是，被凝結的只有
我。被困住的，不是時間，是我。

沒想到，一年復一年，我還是停滯不前。

整個冬天，生活一片空白、乏累，我一篇文章都沒有寫，
寫不出了，一切都死翹翹了，包括我。這是作家的絕症，
無事可記，於是意義又開始崩毀了。

那時我翻開自己的詞彙小本，看見一個多年前記下來的
成語。

至今每本書的概念都是一個詞語：

與自己和好如初　想把餘生的溫柔都給你

你的少年念想　所有溫柔都是你的隱喻

月亮是權晚唯一的光芒　生活是無以名狀的辭兆

（陽和啟蟄），這個成語比喻惡劣的環境過去了，順利美好的
時光開始了。

這是一個太美好的願望，我看向窗外，春天的第一朵花開
了。花開的時候，還很冷，但是花朵還是靜悄悄地開了。

那時我寫：「荒蕪的季節告訴你記住一切燦爛，月亮在安
靜地生長，我也在安靜地生長。」

隨著時間在我身上的積累，低潮也有低潮於我身上的作
用，這個多年以前記下的詞，從遙遠的過去給我遞來一把
溫暖，讓我今日有事可念，有字可寫。

陽和啟蟄，我將會慢慢地度過惡劣的日子，慢慢重新開始
寫作，重新期待生活。

不會每天都有靈感，四季不會消減，一切不會繁花如願，
但還好我擁有一本生活的小本子，替我秋收冬藏。事實上
從來沒有倏忽一閃的靈感，所有閃現的想法都來自生活的

練習，每天一點點，每天一念念，不停地看、寫、感受、經歷，所以不要拒絕生活，低潮也有低潮的靈感，那時不妨就從一個詞語開始。

幾個我喜歡的詞：　　生活中的空歡喜太多了
一秋穩妥（比喻靠得住）
不落言筌（沒有用華麗詞藻或修辭修飾的文章）
日短心長（想做的事太多了，心願一時難以實現
　↳　偷偷玩或被日短心長結習慣熬夜的自己（笑）

生活是春生夏長，秋收冬藏。

分享欲重要嗎?

今天我這裡下了一場大雨。中午的外賣不太好吃。在家門口遇到一隻小貓。學校附近開了一家新的咖啡店。我出門忘了帶鑰匙。在書店隨便翻到一頁,上面寫「你消磨了歲月,歲月也消磨了你,你至今沒有寫出詩」。星座分析說我今天的幸運色是白色。我和爸媽吵架了。突然想要去吃芋圓。新鞋子總是硌腳。我睡不著。我討厭冬天。我好累。早安。晚安。明天見。

再瑣碎的日常,都值得分享。

我發現,沒有分享欲的人都不太容易快樂。或者說,沒有分享欲的人,都比較疏離。

任何關係都離不開分享欲。

很多事情是透過「分享」這個行動而帶動的,例如分享內心的疑惑和想法、分享新得知的八卦、分享好吃的食物、

珍惜那個願意和你説廢話的人。(!)

分享幸運的瞬間、分享自己的悲傷和心事、分享新達成的
成就、分享好看的照片、分享不爽的事，分享喜歡的電影
和電視劇、分享書的一頁⋯⋯透過「分享」，我們給予訊
息也接受訊息。這些訊息無時無刻影響著我們的價值觀和
想法，更重要的是，透過分享，親密關係得以延續。但如
果失去了分享欲，情感就會失去溫度，彼此會漸漸失去連
結，這也是為什麼人與人之間會疏離、會感到淡掉，因為
再也沒有東西可以分享了。

分享這件事，不只限於與別人分享，也可以是「與自己分
享」，比如發一篇「僅自己可見」的貼文、寫一些無人知
曉的日記、隨手拍一張不像樣的照片、畫下此時此刻的表
情。乍看之下好像並沒有什麼用處，但實際上記錄著自己
的生活，等到日後翻看起來，就是過去的自己正在和現在
的自己分享喜怒哀樂，讓生活有跡可循。

寫日記就是一種自我分享，
昨天的自己和我打招呼。

如果對自己也毫無分享欲的話，就會感到完全的孤獨，你無法連結他人，也無結連結自己。

雖然科技化的社會下，人與人之間的連結越來越薄，每個人的孤獨色彩卻越來越濃了，一切都好像變成了雲端寄存一樣，把自己的人生存放在小小的機器中。但我仍然相信，這個時代會有屬於這個時代的溫暖，更多的文章被看見，更多的靈感散播在生活每一處。透過分享，得到自己無法親身經歷的感受，得到很多回饋，在來自他人的反應中，我又會想到新的東西，然後又有新的分享。

然而回想起冬天，發現我整個冬天都甚少分享生活。一百多天的日子像是消失得無影無蹤一樣，我竟找不到任何那時的生活點滴，我忽然意識到，原來這就是無法連結自己的感覺。我太不願意分享，不願意分享的人，也得不到別人的分享。

學習分享，每天一點點就好，學習從自己的孤島走出去。

分享給大家我在完成我畢業論文和劇本後
老師後來的訊息：

讀你劇本的時候包括看到你無意打
錯的字就會情不自禁浮現你在深夜
中寫作的樣子，有時興奮有時想睡
眠，而當時他們已經睡了好幾覺了，
這時候順賴地睜閉眼看著你，
心想這個可憐的傢伙還在打字啊，
人類真是不可悲啊。牠有點想過來
趴在你腿上或者單眼撒個嬌，但
是想了想覺得過去太麻煩了，於是
只是輕輕地朝你叫了一聲，然後
換了個姿勢又接著睡了。你今天終於
寫完了，這是個了不起的成就，為你開心！

生活是與世界的聯繫。

你的座右銘？

不要後悔！

事事都能圓滿，這種人生根本不存在，沒有人的生命沒有缺憾。常有遺憾，但還是尊重每一個瞬間做出選擇的自己。

我們的人生是由很多意想不到的片刻組成的，有時壞事也會發生在好人身上，有時付出得不到回報，所以我覺得既然事情已經塵埃落定，就不要再去糾結和後悔當初的決定，而是為現在的自己努力，不讓未來的自己後悔。

不要後悔的總原則其實是提醒自己，過去了的事無法挽回，把它們看成歲月的徽章吧。

不後悔，然後往前走。

有時候是後悔沒用，有時是沒用也後悔，有時你只能一遍又一遍地啃食自己的悲傷，一遍又一遍說服自己，我不後悔，我不後悔，我不後悔。

可能是害怕不得自己後悔吧。

由於我的無知，我對生存方式只有
一個非常普通的信條：不許後悔。

坂口安吾

真正的座右銘也是我放在作者介紹裡的話語，
偶爾憂傷，儘量善良。

生活是無法返航的軌道。

你對自己的要求高嗎？

我正在努力地學習捨棄完美主義。

放下對任何事物都必須要做到最好或做到完美的想法。

當然，這裡說的完美是好事，想達到完美是人生的美好，前提是這是讓你更有動力，而不是讓你徘徊不前的事。在很多時候，完美可以成為自己的光，想做得更好啊，有一些人過著高要求、重完美的生活，他們很自在，很自律，完全能夠駕馭渴望完美的野心。完美主義對於他們來說，是優點、是好處，是讓自己的人生變得更好的特質。

可是卻在不知不覺間，它不再是生活的光了，它成為了影子，如影隨形，成為了絆腳石，成為了囚牢。為了達到完美，成了所謂的意義，停滯不前、自顧自憐，而一旦無法達到，返回到自己身上的打擊是雙倍的。為什麼做不到完美、為什麼達不到最好，打從心裡開始就因為這個基準要否定沿途所有的所失所獲。人就是從「不夠」開始難過

「更好花在好的有的人。」

好和更好都是我好的人…

反問：你有曾經感到滿意過嗎？

「……」

的，目光所及之處，往往充滿了瑕疵和裂痕。可能是不夠
完美的事情，又或者是不夠完美的自己，縫隙隨著年月逐
漸撕裂開來，心臟裡的熱情慢慢地流失出去。

我在想，我就是在這個拚命想要達到完美的過程中，漸漸
變成一個只重所失，而忽視所得的人。

在做一件事前，我不會注重這件事帶給我的獲得，只會糾
結我能不能做到讓自己滿意，而滿意的程度總是在遞增
的。不停地反問自己為什麼不能做得更好，即使已經達到
「好」了，但永遠有更好。事實上永遠無法達到完美，而
自己對於完美的準則一直在提高，一旦做到了一件事就會
覺得那件事是能力範圍之內，出於挑戰的心態，只會想做
更難、更完美的事。

這樣的想法已經根深抵固，時時在腦內省戒我。一旦我覺
得自己做不到，我就不會開始實行，不開始就不會不完

好到底是什麼意思？
好能不能是快樂的意思？

很多故事想寫，但一想到自己可能寫不好，
就用「算了」來搪塞自己，
算了，也不是特別想寫吧⋯

美，為了避免自己失望，乾脆不要開始，我不想看見生命的燈火錯落。人總是為了避免錯誤而選擇無動於衷。

這的確可以避免一些錯誤，但同時也多了一些錯過。這樣的完美主義已經扭曲變形了，它只是套上了完美主義的皮囊，不是光也不是蜜糖，反而成為扼殺我行動力的毒藥。

曾經出版過一本深受大家喜愛的書，而銷量遠比我預期的高，甚至承受自己意想不到的關注。我對於完美的定義因外界的影響而導致基準無限地提高，於是在書寫下一本書的時候，即使心裡已經想了很多故事要寫，卻被這種完美的虛象限制。產生的第一個想法並不是「好吧我就寫寫看好了」，而是「如果這次沒辦法像前一本書寫得那麼深受別人喜歡怎麼辦」，這成為了自己的束縛。

我有很多故事想寫，這些靈感和想法很破碎，我不知道它們會不會有完整的一天，可是一想到它們不夠完美，我執

人最難面對的是落差，他以前很愛我，現在不那麼愛了，
我以前很快樂，現在不那麼快樂
他以前很愛我，現在沒那麼愛了，
我以前很快樂，現在⋯⋯

筆的手就會頓住，還沒能夠實行就已經將它們拋棄，我沒有把它們寫好的把握，我甚至不願意開始去寫。

我真的是完美主義者嗎？還是只是偽完美主義呢？為什麼我不能為自己已經完成的事情感到快樂？為什麼這個想法抵消了那麼多應該有的成就感和滿足感？我在這個過程中失去了什麼？這真的是一種人生的加成而不是阻礙嗎？完美的定義是什麼？它的終點在哪裡？

我想這種無謂的高要求成為了我的愁山悶海，使我覺得一切無趣，而不是讓我往前。「完美」最終只是自己不去做的其中一個為自己開脫的理由。實際上失去行動力去完成自己原本想要做的事，最終不能面對的，不是不完美的自己，而是無法面對挫敗感的自己。但它的起點，於我而言，是源於萬事想要盡善盡美的心。其實最後想要怪罪

的，不是完美主義本身，而是一邊想要完美主義，一邊又害怕達不到的自己。

我想我不是屏棄了完美主義，而是屏棄了完美主義這個藉口。

新的一年又長大了一點，還沒圓滿的事情，就把它們當成明年的盼望。不要覺得未滿是遺憾，而要知道日子很長，我還在路上，還在奔往。

如果你想創作，你必須拋棄完美主義。

《伊莉莎白·吉兒伯特《創造力》》

└ 一本影響我很深的書！！

完成即偉大。 ☆☆☆

無論如何都會有陰影，無論如何都有缺陷。

生活是一件沾著淤泥的白衣。

你喜歡寫字或是記錄嗎？

今年做了一件很特別的事，就是替上一本書《月亮是夜晚唯一的光芒》辦了一本書主題展。這個構思來自香港一瓢獨立書店，書店中會展出許多關於這本書的點點滴滴，塑造一個關於它的空間，從視覺、聽覺、嗅覺、味覺、觸覺五方面，將僅僅只是以文字形式存在的這本書，變成更加獨特的存在。在和書店來回討論的過程中，負責人問我有沒有書寫這本書時的手稿。我頓時愣了一下，才意識到自己在寫書時都是使用電腦作為工具，從來不會手寫書稿。這好像就是我一直以來的慣性，甚至理所當然到沒有出現「手稿」這一個選項。

現在好像已經離「手稿」的時代越來越遠了，特別是作為一個異鄉人，經常要到不同的城市生活，輕便的行囊在移動的過程中會減少許多不必要的負擔，而我們總是為了不要成為一個沉重的人而努力。

書寫的過程太繁瑣了，有時候反反覆覆在同一句話中糾

我不想忘記，可是它確實是在我
腦袋裡慢慢變淡

人會書寫，不就是為了對抗遺忘嗎？

結，修改上百次版本，才發現還是最原先的用詞最恰當，
有時想把下一頁的內容移到前一頁去，很難想像在只能執
筆書寫的年代裡，人們需要多大的努力才能完成一本書
稿。這麼多年來，自己些微還是有些幸運的，能夠生在現
在這個時代。

的確是越來越方便了，行裝越來越輕了，我也變得更輕
了，但是果然還是缺少了一些不切實際的浪漫啊。

想起我中學的時候，常常不乖無心認真上課。老師在講課
的時候，我都在靜悄悄地做白日夢，思考著小說裡的人物
和情節。上課中理所當然不能使用電子產品（我的學生時
代還流行著按鍵手機），於是把小說的內容和想法寫在本
子上是唯一的選擇，我還會自己動手畫人物關係圖，最終
幾年下來的青春時光，變成了厚重的手稿。大學離鄉讀書
時，我把它們隨行李攜帶，雖然很不方便，也常常會因為

晚安的時候，一點小事就會感到滿足。

寫過一篇叫以天使》的小說，二十萬字，是我國高中裡
最愉快的記憶，不用14個人的稱讚，不用14個人
看見和關注。做這件事本身就使我快樂。

看到以往自己幼稚的想法而感到羞恥，但是這種懷舊的情
懷卻提醒著我，自己是如此熱愛寫作這件事。

後來我研究所決定去北京就讀，在去北京之前，我做了很
多整理，把我認為不重要的東西都處理掉，只有最重要的
少數物件跟著我一起去北京生活，中學時的手稿便是少數
重要物品之一。因為疫情的關係，我寒假回台北後就再也沒
有機會返回北京了，而北京那邊的租房就一直放著，直到租
約結束後，我請遠在北京的朋友替我整理並寄送回台北。

不知道是不是神的諷刺，其中一個包裹寄失了，珍貴的手
稿們正好在其中，就這樣無緣無故地消失在我的生命裡。
就像是神在告訴我，你要適應這個時代，適應世界的無常
和變遷，適應所有丟失和錯過。我的情懷就此一去不返。
是好事還是壞事呢，我不知道。所有經歷變成了經驗，而
我又懂得多一點點。

幾年來試圖尋找我爭我包裹的下落，我起了
想來代和他說，沒關係，這也是注定的。

它們都已變成了我的一部分。

如果你問我，你愛寫字嗎？我會毫不猶豫地回答，愛。無論是何種意義上的書寫，我都愛。所以我堅持不用電子日曆記日程，堅持寫日記和手帳，堅持著「書寫」這件事。

它們都有好好地被保存下來嗎？並沒有，許多已經缺失了，不再在我的生活裡出現，或許是某一天心情不好被我藏起然後不見，或許只是想要斷捨離而自覺丟棄，它們都用不同的方式離我而去。我漸漸明白到了，我無法抵抗一種前進的力量。

這些我寫下來的紀錄、日記、本子、手稿，它們可能不會陪我走很遠的路，不會陪我一輩子。它們短逝，它們易碎，但是它們確實陪我走過了眼前這段路，或長或短，陪我一程。

這就夠了，這就夠了。

生活是一紙寄辭。

你喜歡幻想嗎？

我熱愛一切不切實際的幻想。

喜歡做夢，哪怕我知道絕大部分的幻想都不會成真，比如魔法世界，我常常在想，如果我在魔法世界的故事中會是一個什麼樣的巫師呢？用什麼樣的魔法咒語？或者一些查案故事中，如果我是主人公的話，我會怎麼破案呢？如果我是殺人犯，我會怎麼殺人，又怎麼逃過警察的追捕呢？如果我不是我，如果我是一隻貓，我又會怎麼生活呢？

這麼多的幻想，實際上對我的生活沒有任何現實上的成就或改變，我仍然只是我，我既不可能成為巫師也不可能成為殺人犯，更不可能成為一隻貓。我只是單純地認為，幻想本身就能使一個人感到快樂，並且在幻想的過程中感受不同的情緒、善惡、悲喜。

幻想是我不存在的記憶。沒有想像＝死亡

反問：如果想像的是死亡呢？

答：死亡給了你想像，就不是真正的死亡，死亡的人無法想像，有時我們的想像並不一定是真好光明的事物。

這一兩年興起了mbti的人格測試，
我被分為了INFP人格，
其中最大的一個特點就是，熱愛幻想，
我曾經看過這樣的分析：
INFP可以愛上某個不存在的人。

不知道是不是身為作家的關係，我熱愛幻想。或者也可以反過來說，因為我熱愛幻想，所以成為了作家。而這個名為幻想的超能力，確切地為我的書寫提供了許多素材和想法，它們並不存在，但它們在豢養我。

幻想是生活的魔法。

我幻想著，
幻想在破滅著，
幻想總把破滅養恕，
破滅卻從不把幻想救過。
〈願成〈我的幻想〉〉

生活是一千次幻滅和一千零一次幻想。

溫柔的定義？

這幾年開始寫散文的日子，總是有人問我什麼是溫柔。

儘管嘴裡總是說著要溫柔、要溫柔，可是說實話，我其實一點都不覺得自己是一個溫柔的人。我常常悲觀、厭世、尖銳、負面，壓抑不住身體裡滿脹的頹圮和崩壞，我一點也不覺得像我這樣的人能和人間所謂的溫柔扯上關係，於是這成了我畢生想要去努力的目標。我腰後有一個很小很小的刺青，是二〇一六年時刺的「溫柔」兩個字，提醒自己在漫長的餘生裡，成為一個溫柔的人。於是同樣地，在我幸運地開始出書之後，我在作者介紹那裡寫了「終其一生想要成為溫柔的人」。

我不知道自己對於溫柔的執念是從何處而來，大抵是生命中各種遠征的遙路裡感受到世界在我們身上刻劃的深刻和刺痛，所以覺得溫柔真的不容易，所以更加覺得溫柔真的很美好。

這一段來自以所有溫柔都是你的隱喻，後記之節錄

溫柔很複雜，我無法用簡單概括，
溫柔的實質。

這麼多年來，我寫過的溫柔太多了。有時溫柔是善待自己；有時溫柔是熱愛世界、熱愛生活；有時溫柔是月亮大海；有時溫柔是人間煙火；有時溫柔是從容；有時溫柔是心笙飄動；有時溫柔只是靜默，隙曦中的落日餘光；有時溫柔是荒草當風，而我身在其中。

寫過那麼多溫柔，我腰後的刺青仍然在提醒著我，要溫柔，再溫柔，更溫柔。

我想大概是因為我覺得太多事情都代表著溫柔，而我永遠有嶄新的溫柔可以成就，溫柔不會舊。

忽然記得在一次書本的採訪中，收到一個印象很深刻的問題。

對方問我，你會不會覺得你書中寫了很多的溫柔，卻越來越多人濫用溫柔這個詞？會不會擔心溫柔好像變得廉價？當時我覺得這是一個好奇怪的問題，越來越多人溫柔，不

越來越多人說溫柔，寫溫柔，去溫柔。

是一件好事嗎？即使我們無法完全地溫柔，溫柔可能只是捕風捉影，但是嚮往溫柔，心生溫柔怎麼會是濫用呢？溫柔跟人數的多寡有什麼關係嗎？談及溫柔怎麼會使它變得沒有價值呢？就像好人，會因為好人越來越多，就失去價值了嗎？好的歌曲會因為很多人聽而變得普通嗎？好的作品會因為很多人看而變得乏味嗎？一件事的本質是可以那麼輕易地被動搖的嗎？

很多話糾結於胸裡，可是最後我只回答了一句：「溫柔，並不罕有。」指桌誰都有。

不需要搖漾天地，不需要卓爾不群，不需要撕心裂肺，並不奢侈，每個人都有，只是我們沒有意識到而已。影影綽綽，細細碎碎，卻滿佈人間，只要你願意伸出手，就可以擁有。

想念得太深，
就會變得普通？
普通是貶義詞嗎？

去年的我覺得溫柔是心懷宇宙，願意等候。

最近，覺得溫柔是尊重他人的自由。容許別人不那麼溫
柔，是不是也是溫柔的一種。那麼，看見別人的溫柔，也
是溫柔的一種吧。

「別人用溫柔來形容你，我想用你來形容溫柔。」

去練習看見別人的溫柔，社會的溫柔，世界的溫柔，
就會發現溫柔無處不在，溫柔不死。

生活是溫柔的隱喻。

喜歡嘗試新的事物嗎？

有人曾經問我活著的意義是什麼，我回答不出來，如此多
文學家和哲學家都回答不出來的問題，我也沒辦法解答。

於是我試圖在生活中尋找答案，尋找意義，尋找我想要的
事情或我不想要的事情，至今仍在茫然地搜索之中，一切
都看來無意義。

每一年我都會給自己新的目標和期待，讓自己試著去忤逆
生活的雷同和無意義。

知足常樂當然也好，但對於人來說知足很易，常樂卻很
難，因為每個人都會不自覺地渴望新事物的發生。我希望
自己可以做一個擁有期待的人，我知道這個期待，不會自
己隨風而來，而是要我親自去找。

或者我錯了，活著的意義是什麼，重點從不在意義上，重
點在尋找上。

嘗試就是尋找的過程。

問問題也是，去尋求解結也是。

我想在一切終結的時候，能夠像一個
真正的詩人那樣說：我們不是懦夫，
我們做完了所有能做的事。

《阿萊杭德娜那一夜的命名術》

找不找得到，我不知道，有沒有答案，我也不知道。因為
不知道所以要去找，因為還找不到所以再繼續尋找。找不
完的，世界那麼大，那麼多自己沒做過的事，那麼多新的
事發生。曾經以為得知世界的真相是虛無的自己，現在看
來真的太傲慢了。

永遠都有未知。

今年做了很多新的嘗試。

其中一項就是研究所畢業劇本決定寫一個懸疑的故事。我
從來沒有寫過這一類的故事，真的落實去做的時候，非常
吃力不討好，一來是我需要去補足許多專業的知識，二來
是創作的方式與以往我擅長書寫的愛情故事截然不同。老
師也曾勸我，可以寫一個普通一點的故事，然後順利畢
業，可是我仍然一意孤行，決定去寫我從來沒寫過的，更
複雜、更困難的懸疑推理劇本。過程相當不容易，朝朝夕

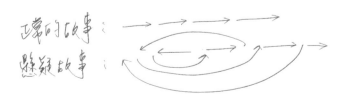

正常的故事：

懸疑故事：

在劇本和論文最後的致謝中，我寫：
我會一直荒謬地書寫下去。

夕都不容易，可是這個努力去嘗試的自己，比任何一刻都
要堅定，到最終我完成了整個故事時，那種難以言喻的快
樂讓我覺得一切都充滿意義。

每年寫一本書是我給自己的要求，有時候難免會出現「又
到了要寫書的時候」的心情。如果把人生壓縮來看，重複
寫書、出書、又寫書、又出書的過程，就是我繁沉的日常
生活，就跟其他人每天上班下班一樣。可是我對每一本書
都有期待，期待寫新的故事、做新的書、構思新的企劃，
讓每一本書都獨一無二。

這會不會就是我活著的嘗試和意義所在呢？

尋找，繼續一刻不停地尋找。

嘗試並不代表成功，也不代表成就，可是它卻是任何事情
的第一步，雖然也有許多並未道出的碰壁和割捨，更可能
是做了很多但最後一無所有，看來像是一個笑話，或者無
疾而終，事與願違。每天都有日出和日落，但是你看這人

間啊,沒有一天的天空是一樣的。

你永遠都不會知道明天的天空長什麼樣子,我也一樣。或

許我就這樣,或許我不只這樣。

活著的真相是什麼,是我今天也嘗試奔往。

• 你會3分鐘熱度嗎?
我覺得3分鐘熱度其實是勇敢嘗試
的另一面,並不是一個缺點,因為願意
嘗試也同時我發現什麼不適合自己或
自己不夠喜歡,而所有的長久堅持
下去的事都出於甘願嘗試的3分鐘,
我們在做之前永遠不知道哪一個3
鐘會長久地留在生命中,反過來說,
你想找到熱愛,就要敢去嘗試。

生活是未知的礦山。

如何堅定自己的意志？

告訴自己：「除了眼前這條路，別無選擇。」

大人們常常說：「有志者事竟成。」然而堅定意志不是一朝一夕的事，很難說今天下定決心做一件事，明天或後天就能意志堅定不移，一直勇往直前走下去。通常我們會經歷很長一段反反覆覆自我懷疑的時光。我真的有能力嗎？我最後會後悔嗎？我的付出和收穫成正比嗎？種種現實的考量，使自己進退兩難，步伐遲疑不決。如果意志堅定一瞬間就能做到的話，生活就毫無難關。

但是換位思考，當自己花越多時間躊躇，就是花時間在替自己排除其他沒那麼可行的選擇和方向，也是用這段時間來評估事情做或不做的後果。所以猶豫不決的時間並不是一無是處的，而是給自己足夠緩衝的機會，再三考量，自己應該往哪走，怎麼走，為什麼走。

此時，我會跟自己約法三章，我可以花很多時間考慮，可以列出一萬個藉口，但是一旦做了決定，就要全力以赴，朝著自己決定好的方向邁進。既然給自己足夠多的時間猶

只要有意志，沒什麼做不到的，
包括放棄和割捨。

豫了，奔跑的時候就不要東張西望，而是做自己決定要做
的事，素履之往，心無旁騖，不要給自己退路。

沒有退路就是最好的方法。

因為我再也不能往回走了，所以無論如何，我要前進，我
只能前進。

當然很多時候，選擇並不在自己身上，並沒有這一段可以
思考緩衝的時間，面對自己不願意做又必須要去做的事，
要怎麼堅定自己的意志呢？

那就是把一切想成是通往自由理想生活中必須經歷的路
途，如果自由隨手可得，它並不珍貴，正是因為需要為此
付出和犧牲，它才值得人們奔往。人生就是不停努力地打
破自己的困境，一步一步離自己想要的未來近一點，為了
再靠近一點自己的理想，做好眼前要做的事，就是那最重
要的一步。

生活是退無可退的斷崖。

認真生活的證明？

每一年我完成一些大事的時候，都有那麼一兩天無比快樂，覺得世界充滿燦爛，我又通往了一些海域，我的靈魂又多了一些色彩。可是這樣的感覺轉瞬即逝，很快地就會從滿足感轉為空虛感，在那些我明明可以休息，可以什麼都不做的日子裡刺痛著我。人總是一停下來就會開始焦躁，開始覺得無所適從。

我不懂，為什麼休息會變成了我的心慌。

如果你問我過得好嗎，我壓根回答不上來，我並不覺得自己過得好，可是好奇怪，我也說不出讓我絕望難受的事。

去糾結生活或感受痛苦，會不會也是一種認真生活的模樣。

每個人生活的滿足感有很大的一部分是來自於自己完成了什麼，我們需要感覺自己是個有用的人，於是用盡全力把生活填滿，沒有滿溢出來的日子就變成了空虛和無聊。可是生活不是煙火，生活不只遠方，生活不會每一天都看到海。

每年認真生活的記色東：出一本書
裡面會好存著每個階段的自己，今年已經是第六年啦！！

什麼是認真？付出真心就是認真.
所以真的喜歡也是認真生活,真的痛苦也是.

回想到底什麼是認真生活的時候，我才發現自己一直搞錯
了。認真生活，不一定要做偉大的事，不一定要達成什麼。
每一天穩穩地度過，呼吸、活著、感受、休息，這些微小
的日常都是認真生活的證明。

生活是實實在在。這些日常卻不值得喝彩,

但我不需要喝彩,我不是為了得到喝彩才認真生活的。

吃三頓飯，睡一覺，看日出或日落，走路，餵貓，書寫，
每天問自己一個問題，每天寫手帳，寫下自己要做的事，
每天花一些時候玩遊戲，聽音樂，看幾頁書，看劇，寫台
詞筆記，吃藥，喝一杯飲料，思考、思考、思考……匪朝
伊夕，鶯飛草長。在四季裡落落拓拓地續寫生活的故事。
不必好好，只須如常。

今年開始寫五年日記,每天都會寫幾句當天的感想.
已經持續了兩年多了,日子鑲進小小的日記本裡.
我想再年後回頭看這半生活的記錄
一定會對每天堅持的自己感到驕傲吧.

生活是日復一日的練習。

24

想起青春，你會想到什麼？

好奇怪，我以前一直以為青春是壯烈的，可是當我回想起自己的青春時，浮現在腦海裡的全然不喧譁，只有無聲的片段在腦內閃爍放映著。我想那才是青春真正的樣貌，安靜且悠長，要到很久之後才知道，這樣的日子最雋永，純得容不下一粒沙。

青春是靜默而悠長的。

我的青春分為兩個部分，懵懂平凡，奮身奔赴。

一條回家的路途和一杯珍珠奶茶。

高中的生活就是每一天走同一條路回家，聽起來無比平凡，實際上也無比平凡。每天走同一條路，覺得明天比永遠還要漫長，那條回家的路似乎不會有盡頭。到了明天，無論我上課有沒有睡覺，考試考得好還不好，和朋友吵架還是和好，我依舊會走同一條路回家。我的天空在那段時光裡被捏塑成規定的形狀，那是父母親眼中寬闊的天空，

這條路我曾經以為我會走一輩子。
和我一起走這條路的人也是，我曾經以為會走一輩子的人。

想快點長大啊，
大人都說，等你長大之後，
就像得到你現在沒有的，
那時候我沒意識到，大人東東執著的謊言。

我在那樣的天空下，度過我乏味的童年、我無知的青春、
我未然的世界，沒有苦不堪言的痛楚，也沒有刻骨銘心的
跌宕，就是一條偶有碎石的小路，一直走一直走，為了長
大而默默等候。等候，花了整個青春在等候，長大啊，什麼時候長大啊……
回家的路上會經過一家珍珠奶茶店，小時候零用錢不多，
我和好朋友就會買一杯分著喝，喝到最後一口的時候，我
們總是會糾結，最後一口的甜該留給誰。明明不是什麼特
別的事，我卻一直惦記到現在。青春大概就是為雞毛蒜皮
的事而認真，把安穩當作傷痕。青春就是我去相信自己不是平凡的。
因為長大後的生活裡，我擁有更多了，小孩子的匱乏在小
孩子眼中就是整個宇宙的缺憾，但在大人的眼中，不過只
是一分錢。於是我再也不需要漫步回家，也再也沒有人跟
我分著喝同一杯珍珠奶茶。人們說，這就是長大。

「你想要的，以後會有。」大人說。
當我成為大人我就明白，諷刺的是，我得到的，也許不是我想要的。
而和我說這話的大人，也是如此，亦海我們了為了保住孩子們
眼中的一點光，把這句熟悉的謊言一直傳到下去。

一夜無眠和自修室外孤懸的月亮。

比較有自我意識的青春,是大學時。我對我的校園生活並沒有太多的印象,因為上課與打工的關係,我基本上只要下課,就會離開校園,甚少參與學校或者社團的活動。但這並不意味著,我的日子不夠青春。

我相信青春有數以萬計的模樣,有的人在球場上揮灑汗水,經歷一場又一場的比賽,有的人可能只是坐在教室裡睡了一頓午覺,有的人是奮不顧身地愛一場,有的人只是靜靜地看著別人的背影。而我,就是自修室外面那顆亮得不可一世的月亮。

打工賺錢幾乎佔據著我大學生活絕大部分,能讀書的時間只有深夜。每逢期中期末考前開始,我們學校的自修室就會開放二十四小時,我打工結束後會回宿舍帶上書本,去圖書館自修室通宵學習,半夜覺得被書本淹沒得喘不過氣時,會走出自修室。那時凌晨的校園一片失色,失去年輕

自修室前有幾階暗樓梯，我常常坐在那裡背書，
那時我想我快逃離這個地方了，現在我也如願，
不再需要在自修室外沒天沒夜地背書了，原來所有
痛苦的記憶都可以被柔化成「懷念」。

活力的校園原來可以這麼寂靜，我想這就是青春本來的樣
子，去除所有華麗，不過就是默默努力的夜晚，還有頭頂
孤懸的月亮。

然後天會慢慢地亮起來，我走出自修室，世界又再次恢復
活力。我背著書包，準備去迎接全新的一天，關於人生的
考試。

人生的考試好難，青春過去了，我卻依然不及格。

我發現，正在青春裡的自己總是不自知，當時是那麼閃閃
發亮。也許正是因為已經過去了，才顯得閃閃發亮，我想
青春的時效性並不是即時的，而是未來性的。只有不在青
春裡，才懂得，什麼是青春。所以說，我們總是在懷念青
春，懷念的其實並不是某一段特定的時光，而是在那段時
光裡自己的模樣，那個義無反顧勇往直前的自己。

青春不會再回來了，我知道，我們都知道，但是青春一直
都在，用安靜的方式，照亮著我長大的生活。

沒有人能永遠年輕，
可是永遠有人年輕著。

生活是青春的餘溫。

你無法忘懷的一幕？

至今仍然無法忘記二〇一八年的夏天，我人生中第一次看
見漫天銀河星辰。

出書前，我在 Instagram 上書寫文章，那時對我而言，這
個帳號就像是一個存放記憶的小盒子，所以我把它取名
為「不朽」，但並不是我希望我能夠不朽。人的生命很脆
弱，想要永恆是件不可能發生的事，只是，我希望在我有
限的生命裡，所有記憶都不要消亡，希望我的過往能夠好
好被灌溉，長成名為「我」的樣子。後來多得神的眷顧和
他人的喜歡，我得以被看見，也因此展開了作家的生活。
這個帳號從單純的生活紀錄，變成了我的生活本身、我的
工作、我的熱情、我的世界。

那年夏天發生了一件特別的事，我的帳號無預警地被人駭
了。密碼和名稱都被擅自更改，我無法登入自己的帳號。
我眼睜睜地看著屬於自己的東西、自己的世界被人侵入，

我們有時候真的很無力.
原来世界上真的有些什麼努力都沒辦法做到的事.

而我竟然沒能阻擋。我無法拒絕，也無法抵抗，就像是突
如其來的狂風暴雨，把我整個人都席捲。我面對猝不及防
的厄運，是那麼無力，只能任由一切發生，而我身在其
中，粉身碎骨。

原來，辛苦累積的東西可以說沒就沒。

可以一瞬間消失，可以無聲地破碎，毫無道理。

那可是我的生活啊，我日日夜夜書寫的痕跡，我的一席流
年，我的愛與恨，我的前途，全部都在那裡。我不知道駭
客什麼時候會把我的帳號刪掉，我也不知道失去支柱的自
己，未來可以怎麼辦。

發生這件事的當下，只有懵然，不知所措。我沒有任何經
驗，也無從傾訴，於是開始蒐集資料，尋找各種方法，也
在網路上得到很多讀者的幫忙，很多人把事情分享出去。
我發了電郵給官方帳號，填寫了很多資料，用許多大家都

說有用的方式，希望可以取回我的帳號，可是我依然沒有等到回覆。當時我才知道，原來在科技發展迅速的新時代中，帳號被盜是件那麼常見的事，也有人以此圖謀不軌，駭客們可以隨時隨地輕易偷走所有在網路上的東西。我被震撼到，原來世界的背面可以如此可怕。

斷斷續續地等了一個多星期，仍然杳無音信。碰巧當時正是炎暑，我的家人們從香港來台灣找我玩，我們計畫去墾丁的海邊，度過五天四夜，一切都準備好了，只待出發。本來應該是快樂的旅行，因為帳號被駭這件事，而染成了黑色。我並不想旅行，我也不想去看大海，我什麼都不想要，只想要取回自己的帳號，那裡承載著我的夢和疼，是我生命中非常重要的一部分。失去它們，我就不完整了。

一邊旅行走走停停，家人們在開心地遊玩，我們像一般的旅客那樣，去一個新的景點，在那裡拍一些庸俗的照片，可是如今我想來，我對那趟旅程一點印象也沒有，當我只

那什麼才是完整的人生，擁有什麼才算是完整？如果沒經歷過失去，缺失失去的人生算完整嗎？

注視著眼下，我就會忽略了身邊所有。大概是因為整個旅途中，我都低頭看著手機，時時刻刻為帳號的事而忙碌，分分秒秒盼著官方的回覆，許願著可能下一秒鐘就能奇蹟地尋回我的帳號。

可是沒有，我看著這一切越來越遠了。

很多讀者安慰我說，沒關係，重新來過就可以了，但是大家都懂的，不是所有東西都可以重建，人無法倒轉時間。

逝去的時間該怎麼重來一遍？

七月最後一天，盛夏的悶熱和胸口的煩躁終於要爆發了。在墾丁的夜裡，吃完晚餐的我們並沒有什麼別的事可以做，偶然聽見新聞裡說了一句：「今夜是火星大衝……」也就是火星最靠近地球的日子，如果錯過就要再等十七年。十七年啊，我呆呆地想，十七年是什麼概念啊，十七年時間足夠我再創立一個「不朽」嗎。

失去會不會也是一種建立？

你無法在山頂看見深淵。

表妹知道我無心旅遊，只是隨口提提，不然我們今晚去看
星星吧，反正也沒事做。我眼裡無光，心裡想的卻是，星
星有辦法重塑我的生活嗎。

人在低谷的時候只會低頭凝視著低谷，而忘了環顧身處低
谷時才看得見的風景。

我們一行人，在七月的最後一天，騎車到墾丁龍磐公園的
大草地。那裡一盞路燈都沒有，黑乎乎得連腳下的路都看
不見。我們摸黑走著泥路，身旁草原沙沙作響，一片罕漫
不明。最終我們在一塊空地停下來，躺在草地上，我抬頭
尋找火星在哪兒，火星更靠近地球的日子，就更能實現我
們的願望嗎。

那一刻我抬頭，看見的不是火星，而是萬千星斗，疊湧成
了不滅的河流。

萬物似乎在那一刻全部凝聚在一起。

幸運和厄運可以毫無道理，
我失去了錢孃是厄運，卻藉此看見銀河，
這是幸運還是厄運呢？

我被星河震撼到一句話都說不出來，我想那就是無語凝噎
的意思。

（一些文字也失效的瞬間）

當時有一位伯伯坐在離我們不遠的地方，他問：「你們也
是特地來看銀河的嗎？」我仍然怔在星星給我的赤忱中，
表妹回應，不是的，只是剛好。伯伯告訴我們，他在這裡
守了這麼久，都沒有見過像這樣群星璀璨的夜晚，你們運
氣真好，要珍惜這樣的運氣。他用隨身攜帶的雷射燈給我
們講解了一些天文知識，描出了許多星星的位置，北斗七
星、人馬座、天蠍座、火星、木星、牛郎織女星……那麼多
星星，我從未如此細心認真地去觀察它們，你說，它們有
生命嗎，它們是什麼，在不夠光亮的時候，它們會孤獨嗎。
銀河橫跨整個天空，流星直接在眼皮底下劃過，那麼多那
麼多渺小的星星。

這些渺小的星辰承載著數以萬計人類的願望，
你說它們會感到更不堪重負嗎？

從來不是遙遠的星辰，從來不是遙遠的我們。
被塵埃般渺小的事而撼動的我。

如今說的一切皆語焉不詳。

那一天、那一夜、那一刻站在鋪滿星光的夜幕下的我，說不出任何話來，只感受到眼眶的溫熱，原來我已經不知不覺淚流滿面。回過神來，我想要記住這一刻，於是把手機拿出來，企圖貪婪地留住星河，可是不可能的，人留不住半顆星辰。

我忽然明白，在宇宙面前，生命所有的悲歡，不過只是塵埃。

不對，我們居住的地球就這麼一點點，可能連塵埃都算不上，但是又有什麼關係，我就在那天那刻，一直仰望著宇宙，仰望著光年之外的星星。

人留不住半顆星辰，但是每顆星星都有意義。我們人生的所有際遇都是有原因的吧。

包括我的帳號、恨事、憾事、星辰給我的好運，甚至包含

你不知道什麼會照亮你，你也不知道自己會照亮什麼。

意義，一切的意義
生命的意義 我的意義 失去的意義，宇宙的意義……

星辰的消亡。星辰的驕傲無法殘存在相片中，辰宿列張，
這一切都是有意義的吧。 太亮的時候會看不見星星，
我們也是這樣，太吵就會聽不見真心。

正當我們準備要走的時候，月亮才剛要出來，伯伯說，
等月亮整個掛起來之後，所有星星都會消失不見，要及
時說再見。

是啊，所以沒關係，我已經把斗轉星移都收裹在眼底。

我永遠不會忘記。

不會忘記。 잊지마，영원히 잊지마，
不要忘記，永遠不要忘記。

「要珍惜這樣的運氣。」

「要及時說再見。」 留不住的事物，要及時說再見。

白雲蒼狗，日升也月落，從今以後，屏棄從前的不捨或不
堪吧。

故事的結局：看完銀河的三天後，我奇蹟地取回了我的帳號，
那時我想，這一定是宇宙給我的祝福吧。

生活是渺小的星塵。

愛是？

沒有風的草原——找不到出口。
沒有岸的海——沒盡頭的流浪。
雨天的月——無法清晰地看見。
燃燒的灰燼——挽回不了消亡。
某些失語的瞬間——不可描述。

這些都意味著，愛是偏愛。

我才發現，什麼都愛，就是什麼都沒愛，愛是「有別於其
他人事物」的意思，無論是草原還是海，不是那片草原或
那片海，就不是愛。
我們的心臟是有限的，愛就是偏愛，你只有這麼小的心
臟，你不能愛世間萬物。沒有差別對待的就不是愛。

一萬朵玫瑰，不是你給的那一朵，都不夠特別。

愛是非誰不可的存在。

愛是例外。

顯書達是整個世界文明的象徵，
因為他告訴我們：
生命就是戰爭、生命就是愛，
生命更是一首情詩。

愛是一首情詩，
愛是你心生詩意的時刻。

生活是愛的不可缺。

愛不是？

愛，不是名詞。

不是被動的束縛和契約，而是主動地投入紙短情長之中。

一味的付出和討好，便費開始計較，但愛不是量詞。

常常覺得自己已經失去愛人的能力。遇見一個人時，首先
去想的不是奮不顧身，而是掂量自己會承受的傷心。變得
熟練的自己，似乎已經不能再相信有一天會像從前一樣花
光力氣來深愛一個人。

確實，有時候歲月帶給一個人的，不是勇氣，而是放棄。

我只是越來越知道什麼不是愛。

我依然不願稱之為失去，而是一種取捨。愛不是名詞，不
是一件事物，不是痛苦，不是約束。越來越能釐清，什麼
是愛，什麼不是。越來越能明白，什麼只是消耗和徒勞，
什麼是心之所向，才能來日不負所有嚮往。

人與人之間愛的交疊，
靠的是彼此的吸引，
而不是天平偏重某一邊的犧牲和給予。
你給予的，有時候不是對方要我的。

我不能再去愛很多事物了，我再也不是從前那個擅長愛人的人了。但是我很喜歡這個愛得謹慎的自己，那一定承載著很多很多的真心。

以為自己不能再愛，實質上是因為我更能
區分什麼不是愛而已。以前覺得付出和心動、
長時間的陪伴、習慣、日久生情、少見、緣合、
聊得來、合拍、相識、三觀契合、有伴等等都
是愛，在愛過一些人後自己就能慢慢去剔掉，
什麼筆指之而言不算愛，於是下一次你不再會在
相同的位差心動了，你以為不敢再愛，其實是你
更能分辨愛，更有屬於自己「愛的眼光」而已。

生活是愛的不可說。

你的共情能力強嗎？

共情能力指從他人的角度感受他人的處境和經歷，和敏感不一樣，敏感基本上是處於自己的立場去感知，但共情是去同理他人，也就是站在別人的角度上感知。

學者指出共情能力跟身高體重一樣分佈在人類社會中，也就是有人共情能力天生比較強，有人則比較弱。

共情能力是很重要的情緒來源，比如在歡樂的氣氛中會變得歡樂，悲傷的場合中會跟著悲傷。這樣的能力有好有壞，如果長期處於共情能力極強的狀態下，很容易導致精神耗損，就像是肌肉過度使用後會痠痛那樣，對身體造成負面的影響。臨床心理學中稱之為「共情疲勞」，因為太過於共情而變得麻木、無情，例如護士在長期接觸重症病患時產生的情感缺失。

共情疲勞　0 ————？———— 100 過度共情
（我在哪裡呢？）

不知道是不是藥物的原因，我時常感覺不到任何情緒，在外人眼中，我就不會哭，也不會鬧，不會有情緒的困擾，情緒積壓得不得了，只有我知道，有什麼在我體內死去了，這是我想要的樣子嗎？一片沒有起伏的湖面，沒有任何植物和生物，就石也不會有漣漪，這樣的地方有什麼可以生還下來呢？

我經常在過度共情和共情疲勞之間反覆切換，在經歷過這兩個極端的狀態後，才明白到共情能力於自己身上的作用。

起初我討厭自己的共情能力，生活中太多時刻是站在他人的角度去思考了，朋友的拜託、父母親的嘮叨、老師的教導、對陌生人的友善和容忍等。我覺得共情能力使我承受許多不必要的情緒壓力，比如看到新聞中無辜的人悲劇地死去，明明是與自己無關的事情，卻為此影響著自己的情緒和精神狀態，這些都看上去是「不必要」的共情能力。

經歷過太多這種情況，自己就會刻意與世界保持距離，把心密封起來，也就是迎來共情疲勞。我對一切感到麻木，不再為了別人的傷心而傷心，照理來說，這理所當然會讓我感到生活更輕鬆，然而並沒有。

因為共情疲勞，我感受不到任何情緒，沒有悲傷也沒有快樂，同時使我失去了創作的理由，一個無法感受生活和情

• 情緒積壓和沒有情緒有什麼差別？

感的人，沒有任何可以書寫的東西。原本以為自己不再痛苦，但這卻使我落入更深的痛苦之中。然後我決定，不再去反抗任何一種情緒，也不再去反抗共情這件事情，哪怕是負面的、醜陋的，學著去善待它，而不是去抵抗它。

事實上，一切快樂美好的情感，都需要痛苦和悲傷來塑造，共情則是感受的開關。

明白了這一點，就不再討厭共情能力，反而漸漸地接受它、習慣它，到後來尊重它。共情他人的情緒，理解他人的苦處，讓自己免於做那些陷他人於痛苦之中的事情，因為強大的共情能力而使自己成為一個更善良、更溫柔的人。世界應該要是被這些人所形成的，我很幸運能夠身在其中。

這樣的你一定深愛著這個世界吧。

共情是一種看不見的天賦，使我們更有想像力和創造力，
只要自己願意，它便成為別人無法奪走的一抹溫柔。
一顆柔軟的心，善於珍惜所有易碎之物。

有不同情緒的人生，才是有色彩的人生。

現在我很喜歡這樣的自己，因為共情，我說成為豐富的人。
我喜歡那些感知的片刻，喜歡代入某些角色，某些故事中
的他人，喜歡那些不像自己的瞬間，替不屬於自己的事情
開心，也替不屬於自己的事情傷心，這樣的我很好。

生活是小心翼翼把生命捧在手心。

什麼是善良？

如果一定要為善良定義的話，我認為是在不傷害自己的情況下儘可能地釋放善意。

有時候這樣的善良沒有結果，可能會被辜負，可能不被善待，但這不妨礙我繼續前行。我對任何一個人好，不是因為那個人是好人還是壞人，而是因為我足夠好。這樣的善良不是受誰的逼迫，是我自己的選擇。

被善待和被辜負都是善良過後的事情，跟我當下的善良無關。

錯的不是善良這件事，錯的是認為善良是弱點的這個世界。

不要因為一點暗，而放棄光，而是要去守護自己的善良。

我要一生善待他人。

善待他人就是我善待自己的方式。

有很多人會覺得這樣很傻很笨，但是我發現不去善待他人的自己會很難過，就是這麼簡單的一件事。不是特地要去

可能這也是一種自私？因為我是為了自己。

我們首先將是善良的，這一點是最要緊的，
然後是正直的，然後 —— 我們將彼此永不相忘。

　　杜斯妥也夫斯基《卡拉馬助夫兄弟們》

做些什麼善行，不需要偉大的事蹟，就是生活中的一些瑣
事，釋放一些平凡的善意。假如我不去這麼做，我就變得
不是我了，當我變得不是我，我就會討厭自己多一點點，
我不想那樣子活。

很多時候，我們會行善，是因為承受不起不做的後果。去
衡量一件事的得失是人的本能，我們不想發生在自己身上
的事，我都不想發生在別人身上。如是，我不希望自己是
壞人，是因為自己也不喜歡壞人，不想要壞人做的事發生
在自己身上。我不想被罵，所以我也不想去罵別人。我不
想被中傷，於是我也不會中傷別人。我不想被霸凌，所以
我也不會去霸凌別人。

不管是出於什麼原因，在思考後本著善意去對待生活中每
一件事，就是善良，哪怕有些人會認為那只是偽善。

在無數的事上,你是善的,在你不善的時候,
你也不是惡,你只是流連、荒蕪。

紀伯倫《先知‧沙與沫》

很多時候我也不只是好人或壞人,
很多的人生不好也不壞,不善也不惡。

這個世界仍然很殘忍,從來不缺乏什麼悲情和狡猾的事,
有人本著惡心去做善事,有人本著善心卻一無所成。可是
這個世界最溫柔的地方就是很多善良被辜負,但依然那麼
多人百折不撓地選擇善良。

一個對他對末人的善良基準:
在不傷害自己的情況不盡量釋放善意。

↓

犧牲不可取!!

生活不是一場對不起自己的
去善又讓他人的未來的意義

• 偽善是善嗎？
我覺得是，即是它可能出盒偽的，
但論善行而不論善心，無論如何，
行善而他人受到幫助，就是善的
了吧，人非聖賢，沒有雜質的善很
可貴，不能要求人人都做到。但如果
一個人可以偽善一輩子，這也算了不是行善。

俄語裡有句老話 "vesvo dvoe Ï esti smert' da sovest'"
可以這樣翻譯：「世上真正存在的只有兩件事 —— 人終歸要死，
人良心自知。」人性的可貴之處，就在於人行善時常常相互
糊塗，作惡時卻是永遠心知肚明。

┌────────────────────────────┐
│《陀斯托耶夫斯基中短篇小說全集》│
└────────────────────────────┘

生活是用一生灌溉一棵善意的樹。

從遊戲中學會什麼？

我們印象中的遊戲，大概就是玩耍的意思。

小時候的玩泥沙是一種遊戲，捉迷藏也是一種遊戲。有陣子很流行芭比娃娃，我為了能夠得到更多的零用錢給娃娃買一件新衣服，和爸爸約法三章，只要我考上第一名，就可以得到五百塊。在小學生的眼中，擁有五百塊就像有一幢別墅一樣，是件可以到處宣揚的「喜事」。

為了得到五百塊，我似乎花盡了畢生的力氣去應付那一次考試。結果出來了，我得了第二名，四捨五入也算是成功，爸爸給了我四百塊，我開心得像是中了彩票。

再長大一點，我已經不屑玩洋娃娃了，為了買一台GAME BOY，我終於考上了第一名。成長的過程中，遊戲從未缺席。得到了新遊戲機，我把它捧在手中好好愛惜，爸爸說，一天只能玩一個小時，要寫完功課才可以玩。那陣子的我，從未有過的勤奮，為了早一點寫完作業，上課也必須認真，為了玩遊戲，可以如此努力。

長大的我好像再也沒有愉快地玩耍過。

小孩子的幸福真的很單純，從不介意付出，可以為了一個
目標而不辭萬里。長大後的我，再也沒有考過第一名，可
能是，我再也不只想要四百塊或者一台GAME BOY了。

上了大學後就再也沒有玩遊戲，或許是我喜歡的事物已經
不同，我嚮往更加玄乎的東西，比如愛情，比如夢想，上
課、青春、追星、談戀愛、打工、寫作，這些都比遊戲重
要，填滿了我的生活。我似乎已經忘了遊戲的存在，直到
偶然看到一本外國學者寫的書，叫做《遊戲的人》，作者
約翰・赫伊津哈自序第一句就寫道：「我們這個物種，是
遊戲的人。」智人，有一個很獨特的意思，就是有智慧的
人，就是遊戲的人，這是人類生活的形態。

看完之後，不只想起了從小到大玩遊戲的趣事，還完全打
破了以前自己對於遊戲的狹窄想法和定義，原來人類的生
活中遊戲無處不在。

智人
homo
ludens
也指
遊戲者
|
一種人類的
新智型態

遊戲不代表兒戲也不代表不正經，
必須拋棄以往狹窄的思維。

讀研讀到藝術于批文論中的遊戲戲說（康德、席勒），指藝術是「自由的遊戲」，是人與生俱來的本能，藝術的起源可歸根於人的遊戲本能或衝動。

For Fun（樂趣是不能／無法分析的）

一般生理學會定義遊戲為過剩生命力的釋放，也就是活著就需要去釋放內在的力量，所以我們想盡辦法來釋放，而遊戲是其中最重要的一環。亞里斯多德認為，休閒比工作更為可取，實際上我們是為了能夠休閒而工作。於是人想出了各種各樣「休閒」的事來取悅自己的生活，於是遊戲就是生活一切的意義所在。作者指出，文明是在遊戲中成長的，文明就是遊戲。

現在想到遊戲，不再只是電腦中的遊戲程式，對某些人來說，可能是一場電競比賽，或者一份職業，或者是生活全部的目標，生活的驅動力。遊戲不再是兒戲的，而是一個富有詩意的存在。

所有遊戲都有規則，這是遊戲的局限性。一切我們想到的人文活動都始於遊戲，文學、音樂、藝術、猜謎、競技、比賽、辯論、戰爭、法律、戲劇、語言、知識，這些一切

最喜歡書裡的一段：
在每一個抽象的表達背後都隱藏
著最大膽的抽象隱喻，而每一個隱喻
都是詞語最古老的遊戲。如此，在表達社會的同時，
人創造出和自然界平行的第二個詩性的世界。

都是源自於遊戲的概念。勇於挑戰，敢於冒險，忍受不確定性，承受緊張的壓力，都是遊戲的本質。如果我們否定了遊戲，也就等於否定了一切抽象的存在，如正義、美麗、真理、善良等精神，所以無論是誰，都沒辦法否定遊戲的存在。

想起小時候的自己為了能玩遊戲而努力讀書考試，長大為了能有玩耍的時間而努力賺錢，現在說不定也正是處於一個叫做「生活」的巨大遊戲中，每個階段都像是通關，一個又一個難關，關關難過關關過，人生是不是也算是一種遊戲呢？

五月的時候，當作是研究所畢業終稿完成的禮物和生日禮物，我給自己買了一台新的遊戲機。除了重獲一個兒時的興趣之外，還在這個消遣娛樂中學會好多事。

初期總是很容易通關，然後關卡會越來越難，甚至到了後

使人有成就感

人可以忍受挫折，但無法忍受好奇。

面，遊戲中的角色不斷地死去，需要重來。因為通不了關所以持續地努力，努力去通過面前的難關，反反覆覆地練習。我們在生活中不也是這樣嗎？遊戲中偶爾會有捷徑，因為走了捷徑所以能夠更快地通關，可是自己卻總是好奇正常的通關路線是怎樣的呢？會不會有我沒看過的風景，人生也是，總有其他的風景等著我們體驗，別走捷徑，最後你還是會回到原來的關卡，重新再來一遍。

假日偶爾會跟室友一起打遊戲，我現在正在玩的遊戲，通過三關才可以存檔，退出重來的話，就不會記錄通關。有一關室友玩了好幾天都沒有順利通關，她不斷退出重來，這樣就能回到存檔前的命條，不存檔就不會GAME OVER。然後有一次她過關了，卻因為習慣而按到退出，系統並沒有記錄她這次的通關，聰明反被聰明誤，她難得通過卻要重新來過。聽見她哀號的聲音我忍俊不禁，是啊，人生也是，耍小聰明最終會得不償失。後來，遊戲都

通關了，我有點茫然，好不容易終於都過關了，可是沒有下一關了。巨大的滿足感後是巨大的失落，這一如生活中完成了巨大目標的我，心裡空空的。

這麼說來，回想起自己的人生中，從未缺少遊戲的存在，甚至閱讀、書寫、創作都是遊戲的一部分。就像是書中寫到，遊戲對健康生活的意義超乎了我們的想像，一個人或社會如果沒有了遊戲，就等於陷入行屍走肉的狀態。遊戲不只是肉眼可見的娛樂，更是一種精神領域上的狀態。

人生像遊戲嗎？很像又很不像。

一場又一場冒險，在名為「生活」的場域裡殺伐果斷，逆中求順，敗中求勝，唯一不同的大概就是，人生不像遊戲一樣可以無限重來，人生沒有重來，只有不再。

有多大的滿足感就會迎來多大的失落感，
我發現這兩者是成正比的。

生活是無可替代的冒險。

想念是什麼感覺？

大概就是今天永遠太漫長，而我被困在心臟的荒原上。

想念是距離具象的感受，會把一切變得遙遠。

你不在這裡，卻處處都是你。

你不在我身邊，卻佔據每一天。

一直跑一直跑可是荒原沒有盡頭，

我以為我可以追上你，但你們來不在這裡，

你不在，哪裡都不在。

想念像呼吸一般如影隨形，
心裡有一個專屬的位置，
永遠屬於你的聖地，
無人可以僭越之處。

生活是心裡面的孜孜念念。

如果你說你懂，我就曾想你怎麼可能懂？！
如果你說你不懂，我就會想你怎麼都不懂？！
（人沒辦法做到感同身受）

你有哪些自相矛盾的時候？

太多了，人自我矛盾的地方。

想你懂，又想你不懂。

想一睡不醒，卻坐看天明。

一邊說著再也不會愛了，一邊渴望著愛。

一邊羨慕自律的人，一邊過著不自律的生活。

明知道許多幻想不會成真但又無比熱愛幻想。

我們都不擅長訴說，卻又想要別人知道自己的難過。

悲傷讓我很痛苦，但我卻總是不自覺去尋找悲傷的感覺。

對於自己喜歡的事物，一邊想藏著掖著，不讓任何人發現，一邊又想要全世界都看見他的好。

人永遠都會因為不夠純粹而痛苦。我們想當好人，但想到自己可能吃虧，所以無法一心一意地行善；我們想放棄，但想到自己曾經的付出，就會不捨得；我們想擁有，但想到自己有可能會失去，就會卻步。

或許幻想如此美好
是因為它們不會實現。

—邊希望自己別想太多，一邊腦袋裡又不斷地上演。
（不想去想卻不能沒有）

於是乎，人時時刻刻都在猶豫，都在糾結，都在深陷。

使我哭的事之一：冰箱裡裝滿了冰塊。

不知道從什麼時候開始，我變得很喜歡吃冰塊。我知道那
樣對我身體不好，但我仍然愛冰塊。因此即使是最冷的
天，我也不會喝熱飲。我喜歡冰塊之間碰撞的聲音，一切
都碎得很乾脆，可是我卻極度討厭冬天。一到冬天，我就
什麼都做不到，就像是落盡了乾葉的枯樹，緩緩地死去。
我想了很久，我真的討厭冷的感覺嗎，如果是，我為什麼
會喜歡冰塊帶給我那冷冽的暴虐感；如果不是，那我為什
麼戰勝不了冬天那久久不絕的崩頹。

兩者都是，兩者都不是。

原來我比我想像中的還要不清澈。冰塊很快就融化，特別
是在夏天，你在掌心放上一顆冰塊，不用幾秒，它就會變
成水，不再回到最初的模樣。比起製冰的時間，融化只是
一瞬間，就像是墜落一樣，你爬到高處需要一生，但懸落

人生也是這樣，融化只需要一瞬間。
每次受了挫折，想要好起來需要付出很多的心力和努力，
但一點小事就足夠我否定自己，然後推翻我從前所有
的努力，然後再花更多的日子時間去重建⋯⋯

我最喜歡的一首歌

因為享受著它的燦爛
因為忍受著它的腐爛
你說別愛啊 又依依不捨
所以生命啊 它苦澀如歌
福祿壽－我用什麼留住你

只需要一剎那。我常常在想，如果這些冰塊不會融化就好了。它們為什麼那麼短逝，如人一般，蜉蝣在世，須臾之間。可是在我心中，我知道如果冰塊不會融化，我就不會喜歡它了。

如果生命不那麼短促，如果溫熱不會失溫，如果明天永無休止，如果冬日不會瘠薄。所有的凋零都是這樣，如果一切都不會腐爛的話，我們就不會如此熱切地愛上燦爛一切。

世界最弔詭的地方在於──
總是在沒帶相機的時候看見月亮。
總是在沒準備好的時候失去。
總是在最明亮的時候最能發現污點。
總是在最想要的時候錯過。
總是在最真心對待的時候最受傷害。
總是在最困難的逆境中最能看見真心。

世上最珍貴的事，透過破碎享我美好。

和我最喜歡的一首詩

我用什麼才能留住你？
我給你貧窮的街道、
絕望的日落、破敗郊區的月亮。
我給你一個久久地望著孤月的人的悲哀。

126 ……… 127

［博爾赫斯《另一個同一個》］

生命很殘忍，但又很美好。

因為沒帶相機而專注當下抬頭看見的月亮；因為這一次沒準備好的失去是你為下一次遇見的準備；在明亮的地方缺點都一覽無遺，而最黑暗的地方，一點微光就足夠燃亮宇宙；只有錯過時才知道自己最重視什麼，因為錯過所以想念，因為想念所以永遠；你在乎的人使你痛苦，因為痛苦所以在乎，因為真心所以受傷，因為受傷才知道自己的心還在；在逆境中誰走誰留下，才能看清誰值得你託付時間和年華。

這一切都衝突，也都不衝突。

因為美好都殘忍，但也因為殘忍的都美好。

這個世界那麼複雜，那麼混濁，但這樣真好，那也就是意味著，所有的事情都不止一個答案。

我不止有一種答案。

我是世界千萬色彩中不純粹之一

生活是世界的猶豫。

放棄努力或是努力放棄？

放棄需要努力嗎？

我以前不知道，原來放棄也需要努力。我常常覺得放棄有什麼好努力的，放棄就是什麼都不做，什麼都不做不用花任何力氣，這並不難，什麼都不做即可，是一種被動能力，而且一點都不悲傷，因為畫地自限的人，不是什麼把他困住，而是自己停下了腳步。或許是不相信自己的能力能做到，或者是不夠渴望、不夠堅忍，以致於無法產生「要繼續努力」的想法。無論哪一種，放棄就是放棄，沒什麼好難過的。

直到我研究所中間有一段時間，因為疫情、地域以及自己心理狀態發生的各種情況，不得不重新去考量，應不應該繼續讀研究所，還是應該及時止損，選擇休學，轉換方向和去路。「放棄」這個選項突如其來出現在眼前，於是去年的暑假我思考了兩三個月，卻沒辦法輕易地決定放棄。

放棄就是什麼都沒有了，
從前的努力變得不值一提。

那我以前為了什麼而努力，為了什麼而前熬？
我又為了什麼而拚命地活和奔跑？
如果這些都可以放棄，我又算是什麼東西？

心裡面的聲音跟我說，你應該停止浪費不必要的精力和金錢，你並不是一定可以得到這個碩士學位，你為什麼要堅持一件每天都使你疲倦的事。如果你覺得這一切都沒有意義，你有選擇放棄的權力。一直拖到需要繳學費的那天，我都沒能按下這顆名為「放棄」的按鈕。

我想起了我艱難又漫長的考研究所時光，想起通宵挑燈夜讀和密密麻麻的讀書筆記；我想起我短暫卻閃亮的研究生生活，想起我望向這個世界時充滿期待的目光；我想起寫劇本和寫故事時感受到自己不僅僅只是存在著，而是活著；我想起拍片時的寒冷和辛酸，想起至今為止我在這條路上付出過的汗水和淚水。好不甘心啊，人可以放棄夢想、放棄希望，但就是難以放棄已經交付出去的真心。

我不知道原來放棄那麼難。

努力著說服自己去「放棄」這件事原來如此之難，你總覺得自己快可以得到了，但成果卻像細碎的沙一樣從自己的指縫漏走。你明明可以抓緊，你應該要抓住，你有能力抓住，可是一切還是毫不留情地流走。
前進和後退都心虛。

最難過的，不是退無可退，而是付出被浪費。

哪怕自己知道某些付出毫無意義，
哪怕自己知道已經不能再走繼續下去，
人還是難以放棄那些辛苦得來的一切。

說不，需要付出比我們想像中更大的力氣。

生活是難進又難退。

壓力是必要的存在嗎？

我們常常說壓力大，壓得自己喘不過氣來，好辛苦，好焦慮，熬不住了。壓力就像一塊無人能夠搬動的重石，我們在它之下只能艱難地前行，有些壓力可能是來自於環境，對環境的不信任和不適應。有時候是某些人對自己的期許，我們的生活中承受著許多「你應該做到什麼」、「你應該更好」、「你應該怎麼做」。有時候是 deadline，也就是工作或學業上必須有的期限。沒有事情是沒有期限的，除了時間和宇宙這些比人類更強大的存在之外，生命處處都是期限。

我發現，我們的生活中好像沒有人能夠真正地逃離壓力，只要你還在前進，只要你還有目標，只要你還沒達到最好，你就永遠有期望，也會永遠因為期望而感受到壓力的存在。

避免一切壓力是不可能的。

良性壓力（Eustress）
積極壓力，指的不是壓力的類型或定義，
而是人們如何看待壓力。

〈你有能竟無壓力地完成一個目標嗎？

我有一個很不好的壞習慣，只要一焦慮就會去撕嘴巴上的皮或者去撕手指上的倒刺，常常流血了才知道自己正在承受壓力，而身體下意識地做出應激反應。假如我想知道自己狀態好不好，去看自己嘴唇和手指的情況就會一目了然。沒有一本書是在沒有流血的時光完成的，我的每個大的小的成就，都伴隨著數之不盡的壓力和焦慮。我回想以往的日子，好像只要有目標，就免不了有壓力。有壓力就免不了努力，努力才能前進。這些前後因果互相拉扯，在我身上的作用只有一個，就是告訴我要往前走，像是無法逆流的浪，我要麼溺斃在其中，要麼就拚命承浪而上，除此之外，別無選擇。

想要這個問題時，我問自己，要是沒了那些該死的壓力，你能是今天的你嗎？這時我才明白到，世上沒有一蹴而成的事，沒有懶洋洋的達成，都是無數壓力內化而成的結果。

當然，長期處於壓力下對自己的生理和心理都不好，這點

你越渴望一件事，壓力就越大，
但你不渴望一件事，動力就會減少。

∴ 動力＝壓力（?）

我們大家都知道，所以總是想盡辦法減壓，去一趟旅行、和朋友見一面、喝一杯咖啡、買一件衣服、打一通電話，很多很多緩解壓力的方法，既然我們無法抗拒壓力，我們只能適應它和習慣它。

我是個嚴重的拖延症患者，這是個缺點也是個優點。我不太懂得未雨綢繆，不太會今天就完成下個月要做的事。我常常覺得，明天的作業應該明天完成，明天的憂慮應該留給明天的自己。同樣地，今天的我有責任解決今天的問題，今天的遺憾就留在今天。如果我因明天的焦灼而壓垮了今天的我，那麼我不只失去了今天，我還讓明天的自己承受好多倍的壓力，明天也會因為後天的壓力而喘不過氣，然後我會被困在這個惡性循環中，不見天日。所以今日事今日畢的意思，不只是做完今天要做的事，而是努力不要透支未來的壓力，不要為了仍未到來的壓力耗損今天的自己。

美好的時光不需囤來，留着未到來的以後。

可是生活不是簡單的加數減數，很多壓力不是一天兩天內可以解決的事，不像是面前的一次考試或者面試，過了那天就能結束。真正讓我們焦慮的壓力，不是這些可見的期限，而是無期的課業，比如家庭、出生、愛情、夢想。這時候我拖延症的缺點就會變成了優點，既然有些課題是一輩子的，那應該是一輩子的自己平均分攤難過，而不是今天的自己孤軍作戰。要記得，我永遠是我的同伴，昨天今天明天的我永遠休戚與共。

有些壓力，可以留給明天的自己。

拖延期走書時的自救指南：　　　　　　　　　　（嚴格遵守）
□ 和自己訂好時間表，可以拖延，但必須在 deadline 前完成
□ 給自己提前設置新的期限

　　　　　　　把期限提前給自己留餘子
← ─────

| Now 現在 | ICU line 事拖警告 | Deadline 死亡線 | CPR line 拖期搶救 | Future 未來 |

你是理想主義者嗎？

前幾天和表妹深夜聊天，她傳來一家好看的乾燥花咖啡廳的照片。我跟她說，你可以存一點錢，以後開一家咖啡廳，你偶爾在那裡彈吉他，我偶爾在那裡寫書。

一切都美好得像幅畫。

她說，這是這輩子可能實現的嗎。

我怔住，這句話的結尾不是問號，而是句號，彷彿只是在陳述一些庸俗的現實。

她說，在一個人身上同時存在著理想主義和悲觀主義是件很殘忍的事。

我知道。特別是你能幻想，但你知道一切不過是臆想。我們生活在不同的城市，一年大概只會見一兩次，疫情後我們再也沒見過，我已經不記得她的頭髮有多長或短，我和她從來沒在一起生活過，未來也不可能一起生活。她熱愛音樂，然而如今她絞在平凡的國小中當著平凡的國小老

没有蒙的生活，只是生存。

師。那不曾是她的夢想，但生活不是夢想，生活是眼前的柴米油鹽，一天又一天。她現實中的日常就是每天在這樣的沼澤裡，被小朋友和家長包圍，過著平靜且虛偽的生活，打碎一些從前的夢境，收拾起失望的碎片，再勇往直前。

她從來不會跟我抱怨生活，我也不會跟她訴說生活，或許是因為我們都太清楚，抱怨生活不會讓生活好起來，生命不是小孩子扮家家酒，一兩句話就會成真。沒有用，抱怨沒有用。　　　抱怨是不是因為無能為力？

偶爾我翻到以前的照片，發給她，問她你記不記得我們曾經一起做過的蠢事。

我說等我們下次再見面……她回我，什麼時候是下次。

她不可能放棄她穩定的生活，我也不會放棄，不會放棄我靡爛的生活。不可能的，長大後一起開咖啡廳什麼的願望，不可能的。

美好的場景都不太可能。可能的，都不太美好。

不能放棄的事情太多了，所以只能放棄不能實現的。

看到陸xx的mbti人格的有趣、創意問題：
有個世人皆渴求的寶藏，你認為是什麼？
我的回答：毫無痛苦的死亡。

我說，理想主義者絕不認輸，哪怕一切只是臆想，哪怕一丁點可能性也沒有，但那沒關係，幻想的過程裡，腦中的美好場景已給我熱望。只要我還有理想，我就不是一無所有。哪怕見一面已經成了理想。

這殘忍嗎，殘忍。就像是你遞給我一張藏寶地圖，然後告訴我這是假的，一切都沒有意義，因為寶藏並不存在，那只是一個謊言，一場流煙，全部都是假的。
那你還要前往嗎？要。
為什麼還是要去？因為生活的航道不會停止。
寶藏或許不存在，或許在別處。寶藏可能只是做一個夢，做一場夢或許就是寶藏。又有什麼關係。

你認為這個世界的寶藏是什麼？

理想主義就像窗。

仰望外面的世界，你知道這扇窗就是你的界線，你知道你伸手觸及不了那個理想中的世界，可是你還是仰望，還是在窗前乘興而去，就算有一天敗興而歸。

生活千里無煙，撥開雲霧可能什麼都沒有。可是一旦失去理想，就是拉上了窗簾。習慣了界線，習慣了眼前，沒有窗戶的房間沒有光，你只能任由自己遂亡。

即使全世界都覺得理想主義者很不切實際，但我依然甘願成為一個理想主義者。孤注一擲，然後出發去尋找或許並不存在的寶藏。

假如有一天你遇見了我，我們可以陪伴同行。理想主義者絕對是每場旅途中最好的陪伴者，我們用生命在訴說——可以噢，我可以陪你做一場不會實現的夢。

生活是窗。

以前不懂，現在才懂的道理？

小時候沉迷看電視劇，劇中的情侶從相遇，到相戀，是一個俗套又美好的愛情故事，但故事的最後並沒有一個大團圓結局，相愛的人都分離，並肩的人都背道而馳。翻山越嶺的結果是一場空，我們被拋進這個擁擠的大世界中，然後走散。

走了一生，不過只是揚起了灰塵。

我問家人，相愛的主角為什麼分開？

家人回答：「人們因了解而分開。」

小時候聽到這句話的時候很不解，為什麼啊，越在一起、越了解對方，難道不是應該越來越幸福嗎？人們去愛的過程不就是為了要更加了解對方嗎？為什麼又會因為彼此了解而分開呢？難道了解就成為了分離的理由嗎？

因為了了解而在一起，
因為了解而分開，
人真的很奇怪。

為什麼人們努力在一起是為了分離呢？

「孩子，脆弱的不是愛，是人。」

我不理解。在小孩的眼中，這個分離的理由簡直不能更胡說八道了，愛才沒有你們大人說的那麼脆弱呢。

直到前陣子我翻閱自己的日記，那應該是九月末，夏季結束在一場流嵐枯雨。

他走了，沒有回頭，我很體貼，沒有挽留。

日記裡我寫：

那個時候，他闖進她的世界，他對她說，我要接收你全部的悲傷，以後有我陪你一起分擔了。如今，他不經意的眼神透露著疲憊，他對她說，你怎麼可以每天都那麼悲傷和敏感。他終於看見了她所有的軟弱，但他卻忘了當初的承諾。這時她才知道，原來沒有一個人真的可以承受另一個人悲傷的世界。當你看過那個世界，你就會想逃離。我們都一樣，不過只是都不夠強大。

我不想他看見我的悲傷。

因為他知道了我原來不是那樣閃閃發亮的人後，

他會失望的。

相愛時把真心交給了你，但當你發現我的真心並不美好時，你就不想要了。我的碎片，你都不想要了。不是愛不強大，是我們太脆弱了。

長大了才懂，或許我們每個人都只帶著一部分的自己與別人相遇，而在相處的過程中，越來越清楚對方不同的切面，就越懂得對方不完全是自己期待的樣子。
我想讓他看見我所有的好，哪怕那些好並不是真實的。我希望我在他心中永遠都閃閃發亮，我希望我心裡的坑坑窪窪他永遠不會發現。可是生活不是一條只有風光旖旎的路，這一條路充滿泥濘，愛情有時候是一刻的閃光。

當愛情回歸到生活中，閃光的部分消失了，留下來的是平實無華的模樣，與我們的想像大相逕庭。人們會因此失望，失望所以分開。

所以最好的告白不是新鮮感，而是不失望的時候。

很難去接受一個人的全部，是一件很真切又很悲傷的事情。

有時候我們在最在乎的人面前，
反而最無法真誠。

當愛一個人
把自己的刺給了你
你不曉得
那是一朵玫瑰僅有的碎片
那是我的全部了

生活是一片縹緲的霧霾。

我們可以改變他人嗎？

覺得人不會改變和我們可以改變他人，都是傲慢的事。

我們可以成為一個人改變的契機，但不能強迫別人改變。強迫一個人為你改變就是站在制高點企圖去主宰一個人，即使你覺得那是為那個人好，在這場強迫的改變中，沒有一個人是快樂的。不是心甘情願的改變不叫改變，而叫服從。

想起大學時交往過的一任男友，當時很不喜歡他抽菸，我曾經問他，能不能為了我戒菸，後來他再也沒有在我面前抽過菸。我以為那是愛的表現，因愛而產生的改變，一個人愛我愛到可以為我戒菸。後來我才知道他沒有戒，只是把抽菸這件事藏起來了。我以為的改變，只是一場表演。現在想來，是我太傲慢，我以為我可以改變他。實際上我應該改變的，是自己。

他可以成為他人改變，
我也可以是他改變的契機，
但前提是他願意，而不是我逼迫。

高中談戀愛，父親不喜歡，我跟他說我和初戀分手了，他
以為我改變了，實際上我只是背著世界偷偷和初戀在一
起。表弟的媽媽不喜歡他亂花錢，後來時刻管理他的存
摺，他沒有改掉亂花錢的習慣，他只是開始打工賺錢去抵
銷亂花錢的開支。

這場你來我往的遊戲中，誰也沒有改變，企圖改變別人
的人一直在密謀如何改變對方，不想改變的那方一直艱
難地隱瞞著事實。誰都沒有贏，誰都輸了；誰都辛苦，
誰都不服。 為你好，到底是為誰好？

今年看了一部很喜歡的劇集，叫做《我的出走日記》，裡
面有一個角色具先生每天喝酒，以忘記一些悲慘的過往，
是小區眾所周知的「酒鬼」。有一天鄰居弟弟和朋友偶然
見到具先生的房間裡滿滿都是酒瓶，堆滿了整個房間，寸
步難行，於是他們替具先生收拾酒瓶。具先生回家看見

尊重和支持著並不相同，你可以不支持我的文化同事，
但人應該尊重每個人有自己的選擇。

一個人沒有意願改變，
再多的外力幫助都是徒然的。

這一幕非常生氣，他們是出於好意，完全是站在「為你好」、「為你著想」的立場，但具先生卻發脾氣拒絕。在具先生看來這一切舉動都毫無意義，因為他根本不想清理酒瓶，反正明天有明天喝完的酒瓶，他沒有想要戒酒，他沒有想要解決自己的問題。

正視

自己的糾結要自己解開，自己的問題要自己發現，自己的難關要自己闖。你在黑色的房間裡崩潰，有人硬拉著你出來面對；你不想走，有人硬拉著你走；你根本不想改變，有人給你模板讓你去那樣活，有人推著你去走他們自己認為對的解決方案，你會開心嗎？這場自欺欺人的改變裡，誰贏了？

我還不想好起來，你憑什麼覺得好得快得出就是愛？

可以商量，可以安慰，可以給予建議和幫助，同樣地，我也可以崩潰，可以不面對。我可以改變的，但那一定不是

因為誰，而是我自己終於肯走出黑色的房間，那一定是出
於我的本願。

只有心甘情願的，才能叫做改變。

我們的人生就是一張考卷，
我的考卷上出現錯誤的答案，
只能我自己去修正。

生活是自己的考卷。

為什麼我們要理解他人？

前陣子，有一次深夜坐計程車回家，是用手機平台叫的車，估計司機可能不熟悉路，剛好手機平台不知道點到什麼，沒有顯示地圖導航。我又剛好是個路癡，沒辦法給予司機正確快速的指示，於是我們在那個區域繞了好一陣子的路，最後終於艱難地抵達住家。準備下車的時候，司機叫住了我，用非常抱歉的語氣跟我道歉。他掏出錢包，說要補償耽誤了我的時間，因為是線上自動扣款系統，需要評分，大家都知道這是一個靠著評分和人氣運營的世界。我連忙揮揮手拒絕，這其實只是一件微不足道的事，我一點都不趕時間，而且我熱中於坐車的時間，我喜歡透過車窗去看這個世界。司機怔了怔，卻沒有把錢收回去，我再次拒絕，下車時跟他說，謝謝你辛苦了晚安，他說你人真好。我笑了笑，轉身回家，趁著我還記得，趕緊給了好評，說不上是什麼善事，就是想謝謝這位司機那天帶我繞了路，讓我回家的路途多了一點不一樣的風景。

喜歡坐車的時刻，靜觀這個人間的瑣碎。

你呢？你也有自己的疼痛，不是嗎？

有一次等好友下班，好友的工作是服務業，需要穿制服和皮鞋，我在她差不多下班的時間去找她，她站在櫃台，工作一整天卻仍然笑容滿面，她離遠看見我，偷偷地跟我打招呼。直到她下班，換回休閒鞋的時候我才看見，她的後腳跟被新的皮鞋磨出了血，她卻站了一整天依然面不改色地對待顧客。後來吃飯的時候，我悄悄買了一盒OK繃給她。大人世界的痛苦都是無聲無息，沒有人看見的。我不能替她流血，她的傷口到了明天又會有更新的傷口，我只能短暫地給她止血。

有個朋友遇到了詐騙電話，單純的她被壞人騙走了一個學期的生活費，她打電話來跟我哭訴，不敢回家也不敢告訴家人。我馬上去找她，她一直痛罵自己，我不知道怎麼幫她，說再多好聽或不好聽的話都於事無補。她問我，我是不是很蠢？我說，做錯事的人不是你，錯的是騙錢的人，

延伸思考：單純也是壞事嗎？
　　　壞的不是單純的人，而是覬覦單純而惡毒的人吧。

相信和真心是無價的，不要讓任何人拿走它。

你不要因此而討厭自己。後來她當然被家人罵得狗血淋頭，這個世界總是在壞事發生後先檢討受害者，我不知道她單純的心會不會從此多了一道疤，再也不相信世上任何人了，我只是想告訴她，壞事的發生，不是你的錯，相信別人不是缺點。

我記得我第一次離鄉背井的那天，和家人告別時灑灑脫脫，進到機場候機大廳時將忍了一天的眼淚哭出來，哭到無法呼吸，狼狽至極。這時有人拍了拍我的肩膀，問我：「你還好嗎？」我無法回答，我一句話都說不出來，好像要把一輩子的淚水都流盡了才甘心。那人給我遞了一包紙巾，我緩緩地接過。他繼續走自己的路，我看著他的背影，他走到一半，停下來看手機，然後嘆息，那一刻我才意識到，他也有什麼事正在難過。機場內的每一個人都與離別有關，每個人都有自己傷心的故事。

生活有時只是一聲嘆息。

不要互相為難，不要置若罔聞，每個人的生活都不容易。

年初，在機緣巧合下，收到了同學的邀請，替他們的畢業展覽《無感》擔任受訪者以及文字編修的工作。《無感》集合了家暴、霸凌、性暴力、憂鬱症、躁鬱症、焦慮症等十三位不同病患經歷和痛苦的故事，同學將這些受訪者的痛苦「視覺化」，以畫作加上文字的方式，試著讓其他人感受到當事人的痛苦。

如果我們可以「看見」他人的痛苦就好了。如果痛苦有顏色就好了。

每個人痛苦的裂縫都不盡相同，沒有人碎裂的紋路是一模一樣的。

因此，沒有人能做到真正的感同身受。

你的苦衷，不會變成我的。

那麼既然如此，既然沒有人能夠真的懂得切身之痛，我們又為什麼要試著去理解呢？

我幫這個展覽的前導文字寫了一段話：

感受，可以什麼都沒有。同樣地，感受，可以什麼都有。
觸碰傷痕，才能觸碰一個人的靈魂。

作為受訪的一員，同時也作為觀察其他十二名當事人的文字編修者，這次的小幫忙一點也不輕鬆。不是工作上的負擔，而是心理層面上的難過，正正是因為每個受訪者的故事都苦不堪言，這些難過才難以負荷。我們都在生活的水深火熱中，被騰漲的潮水淹沒，很多時候連承擔自己痛苦的力氣都沒有了，又怎麼分出多餘的溫柔去感同身受別人的痛苦。

很多人的痛苦要用一生去治癒。

就像想著在自己痛苦時，渴望有人理解一樣，那麼我也想做那樣的人，一個試著去理解別人痛苦的人。

很多人覺得知道別人的痛苦
就代表你要拯救他，其實不是。
你不需要去捨身救人，有時候只
需要一點真心就足夠指喚他人了。

不用去承擔別人的痛苦，不用去拯救任何人，只要一點點
理解就夠了。

有時候只需要一個好評、一句安慰、一包紙巾，或者和善
的目光。
試著理解他人的痛苦，如果可以，珍惜他人的鮮血。

所有人是一個整體，別人的不幸就是你的不幸。
所以不要問喪鐘為誰而鳴，它是為你而鳴。
社會是一艘大船，所有人都在同一艘船上，當船
上有一個人遭遇不幸的時候，很可能下一個就是你。

海明威《喪鐘為誰而鳴》

生活是陸離斑駁的裂縫。

哪些事絕對不要做？

兩件事：

不要看著別人活。

不要活給別人看。

你無法從別人身上獲得更多。

這句話的意思是，我們可以得到一絲，

比如一點點愛、期待、稱讚、眼光（好的或壞的）、

評價（好的或壞的）、陪伴、付出、啟發、建議、

安慰、知識，但只是僅此而已，不能更多。

到了某個程度，你就無法再向他人索取（也被索取），

最終你最渴望的事物，他人無法給你全部，

你只能自己去尋找。

生活是苦口良藥。

愛人或是被愛？

被愛重要嗎？

以前覺得被愛很重要。

被人喜歡、被人重視的感覺會無聲地給自己安全感，讓自己變得更有底氣。

被愛有時候是件奢侈和幸運的事，不是每個人與生俱來都會被愛。

有時候倒楣和悲傷的事會發生得毫無道理，所以不那麼被愛或許是人生不圓滿的一塊，但絕對不是缺點，不該是你自卑的理由。

可以沒有，生活中可以沒有那麼多愛也沒關係。

有時候覺得被愛是一件很危險的事，被人喜歡意味著自己同樣承受某些人的關注和期待，也意味著自己某一部分的滿足感是來自於他人的喜歡。這是一把雙刃劍，如果沒能好好駕馭被愛的感覺，自己就會慢慢地被「被愛」綁架，

有時候被愛是一種負擔，有時又變成了情緒勒索。
給予有時就意味著收回，世上無條件的給予也許並不存在！？

最終就會形成這找討型人格.
不斷地去討好他人, 只為了想要被愛.

變成為了得到別人的喜歡而努力成為別人眼中好的自己。
這個自己是被其他人塑造的，活在他人的期待和喜愛中，
並沒有自己想像中的快樂和自在。
當我為了得到別人的愛而出發去做任何事時，自己會是不
安定的。因為萬一哪一天，對方不再給予我愛了，這個靠
著被愛感而努力的自己就會崩塌成一盤散沙，而碎裂的自
己，很難找到重建自己的力量。是啊，如果我的目光一直
在別人身上，我要怎麼重拾這個重心向外傾斜的自己呢？

人真的很奇怪呀，自己都不完全理解自己，卻希望別人能
完全理解自己。是呀，就像是自己都不去愛，卻渴望能找
到真愛。
被愛是自己不能掌握的事，糾結於自己無法決定的事情，
就像糾結於天會放晴還是下雨那樣，只會使自己陷入無力
之中無法自拔。我不想成為那樣的人。

所以，當下一次，我再遺憾自己沒有被愛時，就會告誡
自己，重要的從來不是被動地接收愛，而是主動投入愛
之中。

重要的是去愛。不去愛的人，談何被愛。
去愛，就是再去相信這個世界一次。

祝好，願我們一直愛著。

不付出就什麼也沒有。
最大的不幸不是無人愛，而是不愛人。
毛姆《毛姆札記》

是愛　不是愛情。　　　　　　　　　　　（人和人之間的情感）
　　　　　　　　　　　　　　　　　　　　　　　↑

世上有許多許多未被證明的愛，不只有愛情，

還有對明星的愛，對偶像的愛，對世界的愛，

對熱愛的愛，對夢想的愛，對自己的愛，

對動物的愛，對團隊的愛，對家庭的愛，

對一切的愛等等，愛情並不那麼重要（我覺得）

只要你愛著什麼，就夠了。

生活有這麼一點點的愛就夠了。

生活是去愛與被愛都一樣值得。

生活的底線？

好好說話，絕不出口傷人。

也許是作家這個職業難免經常被人議論和批評，但我也因此學會了好好表達自己。

語言應該是更好的溝通工具而不是洩憤的渠道，它可以讓善意傳揚出去，也能讓惡意滋長開來。同樣是文字和語言，有人能寫一紙情書，有人用它殺人。

言論自由真的很美好，我們可以在許多地方表達對別人和作品的看法，讓世界一同進步和改變，激發出許多創意和靈感，揭露正義和真相，讓訴求被更多人看見。也因為它太可貴了，所以才值得我們更加珍惜和努力，努力塑造更乾淨的平台，而不是製造一個烏煙瘴氣的垃圾場。

每個人說出口的話都是一把火，可以用來取暖，也可以燒
毀一切。

很喜歡一部韓劇《請輸入搜索詞www》中
一句台詞：「不負責任的自由是暴力。」
是的，不負責任的一切行為都是一種對別人對己
的傷害。自由不是恣意妄為的擋箭牌，自由是
妳想的美好狀態，不是妳們非為的藉口。

生活是星星之火。

最深刻的一句稱讚？

「被你愛的人一定很幸福。」

應該是二○一六年的時候，在我還沒開始寫第一本書前，還僅僅只是一個平凡的二十一歲女孩，那時也正正是我生病得很嚴重的時候，一位讀者傳來一句簡單的話，她說：「被你愛的人一定很幸福呢。」我一直銘記著，直到今天，我仍然會不斷翻開來，告訴當下的自己。

作為一個悲觀的、敏感的、常常陷入頹廢和枯萎狀態的人而言，經常覺得自己所觸及的，以及所給予出去的愛是負面的。失落總是大於收穫，難過總是多於成果，這樣消極的自己，會不會無意識給出消極的愛，不斷地消耗對方呢？

但是這樣的一句話，卻讓我相信，自己也能給予出溫柔的東西。不是所有人的愛都熾熱如豔陽，也有人的愛沉靜得

我太清楚，被愛的人不一定幸福快樂

曾經有人告訴我，我的愛就像是一個殘壞的星球，而他拖著這個殘壞的星球，沒辦法走很久，他會被這個星球壓垮，我的愛在我的印象中就是這樣子，沉重而扭曲，兩敗俱傷。

像深夜裡的海。我仍然不明白愛是什麼，甚至不確定我給出去的是不是愛，還是只是一些沉重的累贅，但我希望我給予出去的，是幸福，而不是束縛。

我至今都不知道，愛是不是束縛？

「你要相信自己的愛，是溫柔的存在。」

哪怕全世界都覺得這樣的愛微不足道，不足以掛齒，世上唯有一個人不能這樣否定，那就是我。

在生活中，被誇和誇人，稱讚和被稱讚，有時候看似只是一種權宜的社交手段，它不會變成現實的物質，也不會幫助你去解決任何生活上實質的問題。但是啊，你永遠不知道，你會在哪一個瞬間，無意地拯救別人，或者被別人拯救。

我們都太吝嗇了，無論是對自己還是對別人。

「你的存在很重要。」

所以，今天也想要誇誇你，和誇誇自己。即使人生總是向死而生，所失與所得不成正比，但今天也還是往前走了一點點，今天也還是努力證明自己還活著，這已足矣。

- 最好的祝福？
  希望你每天都睡得好。
  希望你不會被夜晚所筆持。
  希望有人和你互道晚安。

最近在學習「誇誇」，每天稱讚三件事情，
可以是稱讚別人或者稱讚自己，把時間
用在美好的事情上而不是讓你不愉快的
人事物上。

(today)

✓ 今天的陽光很溫柔
✓ 自己比想像中完成更多事情
✓ 宇宙真可愛
✓ 發現了一個很好看的故事
  (世上真的好的會寫故事的人!!)
✓ 自己煮的飯真好吃

(tomorrow)

⸺⸺⸺⸺
⸺⸺⸺⸺
⸺⸺⸺⸺
⸺⸺⸺⸺
⸺⸺⸺⸺

生活是偶然而然的微光。

你討厭的一句話？

有一陣子只要有人糾結，就會有人回應：「小孩子才做選擇，大人都要。」這句話漸漸地流行了起來，這可能是大家想要成為的樣子，嚮往什麼都有的生活，不用去抉擇這個或那個。當然世上最好的能力就是萬能，這是一個悖論，因為萬能的人不會糾結問題，根本不會苦惱該做什麼選擇，而糾結的人都是因為不能都要。所以這句話既沒有解決糾結，也沒能幫助選擇。

因為他萬能

沒有不用選擇的人生。

小的選擇可能是今天穿什麼、吃什麼、聽什麼歌，大的選擇可能是讀什麼系、愛什麼人、做什麼工作。成為了大人，就能都要嗎？我聽過一個很好的例子，就是即使是世上最有錢的人，他可以買千千萬萬張床，可是到頭來，晚上也只能睡在一張床上。是啊，你面前有好幾家餐廳，但你現在能吃得下的只有一餐。你想去很多地方旅行，可是

「都要」不是人們理想，
而是人們幻想。

你沒有分身，你不能同時去這裡，又同時去那裡。你只有

兩隻手，你拿不動所有事物。

小孩子有小孩子的界限，大人有大人的身不由己。

這才是現實，小孩子需要做選擇，可能是因為限制太多，

可是大人也同樣要做選擇，大人的選擇多得去了，比小孩

更多、更複雜、更沉重。

「小孩子要做選擇，大人要做更好的選擇。」

你不是更能任性了，而是更能承受不做某個選擇的後果了。

都想做，就都做不了。

都想要，就都得不到。

都想愛，就都沒有愛。

你只有兩隻手，無法將天地盡收。

生活是沒有答案的選擇題。

記憶會說謊嗎？

記憶其實不堪一擊，以為會牢牢記住的事情，往往就在歲月裡一點一點淡掉。很怕自己變得模糊，所以用盡一切世俗的辦法留住過往。曾經寫過「總有一天會把遺憾熬成遺忘」，卻發現當遺忘真正發生的時候，遺憾確實不見了，但當時面對遺憾的勇敢也跟著不見了，就此我再也無法觸及我所經歷的遺憾了。人真的很矛盾，常常說，不如忘了吧，實際上最後還是希望自己別忘記。可是當我們隨著時間的推移而逐漸忘記從前的自己，該怎麼辦才好。如果連我也忘記了，那誰會去記得，當初的我呢？

忘記是件無意識清除心理垃圾的過程，一旦「忘記」啟動，一切就開始歸零，不再存在了。再也沒有的東西，我們叫做死亡或者遺忘。

這個問題，是在跟表妹深夜聊天的時候想到的。

我和她已經將近三年沒有見面了。她是一名國小老師，每

兩年前曾經幫《想見你》撰寫每集小標題，
其中一集我寫：「如果我不再如初，你是否會愛我如故？」

天都在自己的生活中水深火熱，一朝一夕都不容易。是
啊，誰的生活簡單了，沒有人的生活輕而易舉，包括所有
看似光鮮亮麗的人。

聊天中講到了我們小時候，每年暑假的時候才會見面，在
香港的家附近，有一間很好吃的小吃店，很不起眼的一家
小店，如果不仔細找，可能就在走路的過程中忽略了它的
存在，我和表妹經常在那裡買燒賣和魚蛋吃。應該是盛夏
的某一天，商場依舊人來人往，那家店倒閉了。沒有任何
人為它停下來，所有人都繼續忙碌著自己的生活，來來去
去，一如既往。我理所當然地忘了這件事，或者是因為我
太習慣離開這件事，有人來就會有人走，這個人也可以是
我，是任何人、任何事、任何東西。表妹是個重情的人，
她為這件事偷偷難過了很久，直到很後來我碰巧看到她在
網上發的小感言，才看到她寫：「原來人這一生什麼都留
不住。」

萬事都在變遷，別說是隔幾個日就開業或
倒閉的商店，前幾天還要好的人，可以過幾
天就疏遠，昨天你想要的，今天就可以變得
毫不重要。來來去去，誰都沒留在原地。

當一件事離我夠遠，遠到我已經不能觸及，
我就會開始懷疑，這件事真的發生過嗎？
我腦中褪色的記憶碎片中的一幕，真的存在嗎？
還是只是我的臆想？

在前幾天的聊天中，她又講起了這件事，她說：「你知道嗎？人的記憶是可以虛構的，可以是假的。」她說她從來沒有為那家小吃店拍過照片、寫過什麼文字、留下什麼紀念，這只是日常生活中，普通得再也不能更普通的一個小場景。事隔好多年了，她也不記得準確我們在那家小吃店買過什麼小吃。那真的是在盛夏倒閉的嗎，那家店長是男的是女的，那真的好吃嗎，那家店真的存在嗎。

——可以是虛構的，沒有什麼真的能證明它存在過。

我才發現，原來人的記憶並不可靠。它會隨著時間變得模糊，或者扭曲。比如美好的回憶，不斷在腦內反覆著，鍍上一層又一層光環和濾鏡，然後漸漸失真；比如痛苦的回憶，憎恨它的心情反而被它反噬，於是只能不斷壓抑它，直到它失重。人的記憶居然是會說謊的。

——原來人這一生什麼都留不住。

時間像水，在沖淡可視和不可視的一切，
包括我們。

我用什麼才能留住你？

記憶說，不用留住我，和我告別吧。

這個話題的結束，我好像說了這樣的一句話：

「存在過即可。」

感受過這些記憶即可，流失的記憶，就去告別。還存在的
記憶，就去紀念。

雖然我很不願意承認，甚至到今天我仍然覺得遺忘是一件
很殘忍又無可奈何的事情，但忘卻，是為了能夠裝載新的
記憶。

忘記，或許也是一種往前。 書寫或許就是我對抗遺忘的方式。

好不甘心啊，我那麼努力地想要記住，用盡世界上的一切
辦法去記錄，卻仍然抵擋不住記憶的清零。它在告訴我，
你的心只有這麼大，裝不了整個宇宙。

如果有一天我那麼努力去記得
但還是無可避免地忘記你怎麼辦？
那就把忘記當作禮物。

生活是記憶的填充與清零。

你對自己誠實嗎？

我們都說過違心的話。

善意的謊言，
是對誰的善意？

「睡得好嗎？」「挺好的。」

「過得好嗎？」「不錯啊。」

「你快樂嗎？」「還可以。」

「沒關係？」「沒關係。」

「真的嗎？」「無所謂。」

其實並不是想要刻意隱瞞什麼，只是有時候承認和誠實都是一件殘忍的事，不管是對對方還是對自己。好像把真心說出來，一切都會成真，哪怕只是自欺欺人。有些事實不適宜道明，說得再多都是徒勞和累贅。

去年給自己的年度目標是「誠實地面對世界和面對自己」。這個過程中有獲得也有碰撞，比如誠實地面對自

己，但最後讓自己失望和失去信心，又比如說誠實地將原本的自己袒露，但這個真實的模樣不一定被人接受和喜歡。中間受了很多挫折，常常疑惑，小時候大人教導孩子要誠實，但大人的世界裡卻處處偽裝，誠實真的是一件好事嗎？為什麼誠實的結果有時候是失去呢？保護色，每個人都需要有很多保護色，是面子、是家教、是客套，很多鎧甲包圍在自己外面，社會中的每個人都像是寄居蟹，背著沉重的外殼寸步難行，卻不願意從自己的殼走出去。

我認為的誠實不代表可以肆無忌憚表露自己的喜惡，而是帶著真誠的心去面對世間萬物。遇見傷心的時候袒露自己的傷心，受困的時候可以表達自己的無助，憤怒的時候可以透過溝通來尋找解決方法。承認那些使你不舒服的事，做不到的事就去拒絕，而不是一邊暗罵一邊硬著頭皮笑著答應。不想說可以沉默，難過可以閃躲，對人對己，真誠

誠實是面對。

這裡沒有別人，只有你自己，
每天和自己告解一件事吧。

善良。有時我們擔心這樣的誠實會不會無意中刺傷別人，
的確有些誠實並沒有那麼漂亮，因為那承載了很多真心。
真心不是客套話，如果是彼此都需要面對的真實的話，那
更應該坦然一點，抹去多餘的罕漫不明。

「你的誠實是你最棒的天賦，雖然有時候是痛苦的。」
我並不後悔選擇誠實。雖然很多時候它並不帶來好的結
果，甚至可能會因此失去。不誠實雖然不會當下就立刻反
映出什麼後果，甚至可以暫緩許多不必要的過錯，但這只
是延遲面對問題的時間。無論是對人還是對己，想要有所
改變，一切都始於誠實的那一刻。開始坦然了才可以基於
真實的樣貌而有所行動，接受了現況，才有能力改變它。
誠實，包括面對自己的無能為力。

〈真相〉

大人告訴你要誠實
可也們并不會誠實地告訴你：
不去誠實是成為大人的轉折

他們告訴你應該做什麼
但也們不會誠實地告訴你：
做了應該的事有時沒有應該的結果

他們告訴你什麼最重要
但他們不會誠實地告訴你：
你沒有你想像中的重要

他們告訴你要去愛
但也們不會誠實地告訴你：
他們已經沒有愛

生活是褪去外殼的我們。

原諒別人或是原諒自己？

小時候覺得原諒別人比較難，出於很主觀的想法，就是覺
得無法接受任何一種傷害。

長大後才明白，每個人好像都只是站在自己的角度和身分
位置上做自己的決定，這個決定有意無意間傷害到自己或
者其他人。雖然「傷害別人」之事當然不可以容許，我不
會同情和認同傷害別人的一方，但是我能夠理解。就像是
每個反派都是自己主觀意識中的超級英雄，他們都在實施
著自己認為的正義，但這個實施的過程，傷害了許多人。
我可以理解他們為什麼這麼做，但我不會認同。

想到原諒這個詞的時候，常常是第一人稱的，覺得自己是
去原諒些什麼，但是如果自己是「被原諒」或「不被原
諒」的那一方呢？或者說，如果原諒和被原諒的對象是同
一個人呢？

──也就是自己。

原諒別人有很多方法，比如完全切斷關係，比如轉移自己的注意力，比如離開一座城市等等，雖然一開始總是治標不治本，但時間的殘酷性會因此漸漸浮現。只要有足夠多的時間，足夠多新的記憶，不一定會遺忘，但時間一定會把它變得不再重要。不再重要的事情，就無所謂原諒和不原諒，因為它已經沒有重量了。

可是原諒自己不是花時間就能做到的事。應該說，原不原諒別人事實上根本沒有那麼重要。把恨意交給別人是件輕易的事，有個對象就可以了，但如果恨意就在自己身上，是難以輕易擺脫的，所以我覺得原諒自己更難，難在我們無法輕易擺脫自己。

軍的久我才可以原諒自己的從前。

生活是放過恨的繩索。

哪一個瞬間讓你成長？

會有這樣的一刻，你在那裡定格，那麼你就永遠都停留在那一刻、那一天、那個地方，然後接著往前走的你，不再是以前的你。那個從前的你已經無可遏止地死去，一切都在磨淬，而你是原石，被剜心挫骨地打磨。*被歲月打磨*

讓我成長的瞬間很多，當然也包括我寫過很多的離家經歷，但寫下這個問題時，腦袋浮現的一幕卻是平凡凝寂的一個畫面。

大學快要畢業的時候因為精神狀態和心理狀態太差了，沒辦法再在宿舍與幾位室友同住，我第一次在異鄉租房。房間很小也不精緻，租期是半年，房東是個很好的人，一切都很順利，謝謝神的眷顧，我沒有遇到使我措手不及的狀況。那是我第一次嘗到了獨居是什麼感覺，一個短期之內屬於我的地方，短暫的家。那應該是我跟當時的男朋友剛開始異地戀沒多久，他出國工作了，我沒有任何怨言。印

在這個土林的小房間裡，我完成了我的第一本書
《和自己和好如初》，是好的自己和壞的自己相遇
的過程，就在這個逼仄的小房間裡，我決定了
此生要和自己和好。

象很深刻的一個晚上，平時不怎麼胃痛的我，身體突然疼
了起來，一開始是胃痛，然後到了後來我已經分不清楚身
體哪裡在痛，我感覺到前所未有的痛楚，蔓延至整個身
體。我倒在床上，一點力氣都沒有，房間內沒有任何食
物，身邊沒有任何人。夜很深很深了，我痛得有種再也熬
不下去的感覺。這個小房間在五樓，隔壁就是天台，那天
晚上窗外颳著大風大雨，暴風雨打在窗戶上，就像是世上
所有的風雨都濺在我身上那樣。我連起來的力氣都沒有，
唯一能做的就是抱緊自己。然後跟自己說，這樣的日子以
後還會有，你得習慣沒有任何人在你身旁。

這個場景其實在我記憶裡一點都不鮮明，孤立無援的日
子，或是比那天更悲慘的經歷多不勝數，可是那個雨夜
裡，有什麼在身體裡死去了，我不再是那個雨夜前的我
了。因此我也變得更加獨立，後面遭遇的衰事、爛事都能

成長指南：不要對別人（大）有期待
　　　事情盡可能經由自己的手去做（謀求工作）
　　　學會拒絕你不願意的事（用良善的語氣）
　　　生氣解決不了任何事情
　　　不要太計較，人間本身就不公平

咬緊牙關地走過，我又長大了一點點，學會了沒有人在身
旁的時候自救，學會儲備止痛藥和食物，學會在風雨驟臨
時放一些音樂，學會了抱緊自己。

我更有能力去做以前做不到的事，以青春、純真、不懂
事、任性等等許多的代價交換而來的，血淋淋的長大。

長大的每個部分都在失去，這是成長的副作用，你越來越
不會問誰怎麼辦了，因為昨天的你已經教會今天的你。同
時更有能力也意味著負擔更重，所失和所得就像是硬幣的
兩面，這些失去的換來了什麼，這些得到的失去了什麼，
你不能輕易地分辨哪一個是正面或者反面，沒有純然的失
去也就沒有純然的獲得。

長大就是把舊的自己打包和封存，你更強大了，可以拎得
起舊的自己。明天也會如此，明天你也會像今天一樣，打
包整理自己，然後背著自己出發，一天一天拾起越來越沉

重的自己。

我已經不再是不諳世事的少年，我終於可以去到從前嚮往
的地方。

只是我也回不去原本的地方，回不去原本的我了。

• 長大對你而言是什麼？
我開始不覺得長大是件悲傷的事，
而是必然的事，更有能力意味著承受
更多也意味著成就更多。比如我可
以自己賺金錢然後請家人和我一起
去看偶像的演唱會，帶爸媽去看那
個給我力量的光。比如不僅可以照
顧自己的生活，更可以照顧兩隻貓貓 (ᵕ̈)²

生活是一個人走過千千萬萬個路口。

真正的離別是？

其實每個人的生命都是單獨的一條直線，而他和她就像是橫和直的線，往不同的方向徐徐地放射出去。這些縱橫交錯的線會在某一點交匯在一起，重疊的時候有時會讓她誤以為他會一直和她並肩在同一條軌道上行進，可是啊，她總是忘了原來他們兩個終究要去的地方並不一樣。

「喂，會不會有一天我們的生命不再連在一起？」
大概到了那個時候，我會安靜地看著你離開我的世界，像水蒸氣迫不及待地消失在空氣中。
毫無痕跡得讓我惶恐。

你走了，我的世界從來沒有如此安靜過。
再見，可以一聲不吭的。
真正的離別，就是銷聲匿跡。

我不知道這是不是一種褪束，
用盡全力消失在你的世界裡。

生活是過客的自覺。

結束是什麼感覺？

不知道為什麼，很多事情結束的時候，都無比安靜，安靜得像是你突然間按下了靜音的按鈕。

也像是窗外在下滂沱大雨，你靜靜地看著，雨聲被牆壁隔絕而變得模糊不清。明明在下暴雨啊，明明一切都很洶湧，可是屋內的你卻只是看著激盪的一切發生，而自己不在其中，如同一名陌生的旁觀者。

結束大概就是那麼一種感覺，有一點像是抽離，平靜地靜候著。有因為不再繼續的惆悵，也有因為不用再繼續了的安然。

在結束的瞬間是不捨還是挫折，是氣餒還是自責，是難過抑或苦澀，無論是好的還是壞的，原來一旦結束了，剩下的大概就是缺陷的回憶以及那些來不及修補的遺憾，一切都來不及了。

一段感情結束了，或許是誰剪斷了這份情感，或許只是長久的聯繫漸漸被歲月腐蝕，繩索變得老舊而脫線。千百種疏離的方式，結果就是結束。

和初戀分手的第二天，我照樣去上課，日常生活的一切都沒有改變，心臟的碎片沒有人看得見。我經過他的課室，不再抬頭尋找他的蹤影，他不再在那個轉角等我，我不再和他並肩。結束就是這樣，不再來。

坐在公車上，看著訊息，生活中還有一堆雜事要處理，我沒空悲傷，只是隔了幾天他出現在我的夢裡，醒來已經忘記夢的內容是什麼了，醒來的時候才記起，原來已經結束了。他不再出現在我的生活裡，故事的落幕，就是結束。

畢業也是一種結束。

我不再回到那個地方了，我不再屬於那裡了，我不再擁有了。那些曾經每天踏過的角落，那些煩人的心事，那些渴

最後一次以學生的身分回大學，是拿畢業證書的那天，好奇怪，那些曾經每天都路過的路突然陌生了起來。我知道我將要和它失去連結了。

說書人已不是故事中的人。

望長大的日子，被歲月的巨輪拉扯著往前，好的和壞的都
留在了昨天。像是看完一部電影，走出電影院時，你再也
不是看電影前的那個人了。散場了的生活空蕩蕩的，沒有
什麼留下，你忽然有點捨不得了，捨不得天黑得太快，捨
不得翻頁，你曾經笑著祝福前程似錦，後來哭著安慰自己
不負時間。
突然意識到，明天不用做些什麼了，手裡空空的，就是結
束的感覺。

故事都會結束，有時候結束比故事還長。
我們大概要花一輩子才能消化這些結束的落寞吧。

序或是後記？

序作為故事的序章，後記是終章後的感想，
故事的排開始總是意料之外，所有的開始
都是那樣，自然而然，某一刻事情就發生了，
沒有預謀，沒有任何人的主宰，然後故事開始了，
它順其自然地發展下去；
可是結束不一樣，每一幕的句點都是需要意識的，
從此決定把故事停在某一處，就是結束。
這也可能是為什麼我後來不去寫序的原因吧。
寫後記需要比想像中更大的勇氣，去悼念某些生命中結束的時刻，
去悼念書的終束死亡，和最後一頁。

生活是故事的殘骸。

你失眠的時候都在做什麼？

失眠是從高中開始的，從一開始只是一週兩三天，到後來的每天每夜，從只到兩三點，到後來的畫起晨曦。失眠就像是生活的夥伴，從不缺席，陪我破爛和倉皇。

無意中看到自己在二〇一七年寫的一段關於失眠的文字：

以前有一陣子非常討厭「早點睡」三個字，大概是從我開始失眠睡不好，然後每天頭痛的日子開始吧。那時我想，你們根本不知道睡不著的痛苦吧，你以為我不想早點睡嗎，你們不知道吧，每個人們安睡的夜裡，我一個人翻來覆去，責怪自己。我一個人頂著疲憊的身體看著天慢慢地亮了起來，看著世界甦醒過來的樣子，可是我卻丟失了睡眠，丟失了時間，我丟失了所有東西包括我自己。所以你們為什麼總是說早點睡，那就像一個魔咒套在我身上，而我無法動彈。我特別羨慕睡得好的人，對於他們而

• 勸你早睡或者陪你熬夜？
可以不用陪我熬夜，但千萬不要勸我早睡。

每一次重新看自己從前寫的文字都會感到無比羞恥.
有一種看見自己是歷史的感覺. 面對著從前的自己.
真是件不容易的事

↓

言，睡眠是休息，而對我而言睡眠就像是一場和自己的戰
爭一樣。我羨慕他們，因為並不是所有人都能理所當然地
睡去，就像有時候並不是你想快樂就能快樂起來，你的身
體在跟你說不，而你不能拒絕。可能是更深的東西碎掉了
吧，我想。

只有失眠的人才懂得痛苦和戰爭.
這一場戰爭誰輸誰贏, 我都疼痛.

如今已經很少人跟我說早點睡了，或許是因為我已經放棄
去實現這句話，又或許是我已經不需要去實現這句話了。
我意識到，我再怎麼樣討厭夜晚，月亮都不會給我回聲。
我只能一遍又一遍原諒自己在夜裡的蒼涼。一切都是徒勞
無功的，這或許從一出生就已經有了定論，有些人天生就
是喪失了某些與生俱來的能力，比如快樂，比如睡眠。我
在此怎麼掙脫都無用，廢墟上就是無法生長出某些植物，
我拿它沒辦法。

• 世上是否真的有怎麼努力都沒辦法做到的事？
是, 有些事是命中註定的.

《月亮是夜晚唯一的光芒》

討厭夜晚
↓
習慣
↓
喜歡

分裂
↓
撐著
↓
和解

從討厭夜晚，到習慣夜晚。從隔三岔五就會因為失眠而歇斯底里，到漸漸不再對夜晚的自己發脾氣。從習慣夜晚，到喜歡夜晚。從睜眼藏掖心事，到坐在窗前看日出，細看天空的顏色和差別。有時候覺得這很殘忍，我只能習慣頹敗，但還好，殘忍得有分寸，天空無論如何都會亮起來。

去年寫了一本關於夜晚和月亮的書，我在開頭引用了一句詩句：「月亮是夜晚的傷口。」

是的、是的，特別到了夜晚，看見月亮的時候才發現自己渾身破爛，想起那些懊悔和未滿，這麼說月亮的確是夜晚的傷口呢。而直到我把整本書寫完，才能替這詩句寫下它的續句：「月亮也是夜晚的出口。」

那麼寂靜的夜裡，僅僅是一點小小的光，就足以給我仰望的力量，成為我短暫的燈。我也想成為月亮一樣的存在，不只是自己的傷口，也同是自己的出口。

Silhouetted Fragments

總有出口。

如果不能在廢墟上種樹，我就跳舞。

廢墟有廢墟的美。
我在裡頭，就是風景之一。

• 為什麼喜歡月亮？
無論我過得好不好，睡不睡得著，它都始終如一。
它有自己的盈虧和坑窪，也兀自散發著光芒。
某程度上所有美好的事物都是如此。
有各自的缺陷又有各自的甜。

生活是在廢墟上跳舞。

什麼時候會感到孤獨？

一年多前因為研究所的短片課需要拍片，於是結合了之前書內的小故事和自己生病的一些感想，拍了一部叫做《鯨落》的短片，只有十餘分鐘，講的是一個憂鬱症患者在生活裡的片段。其中有一幕我很深刻，想到孤獨的時候，就會想起那一幕的場景。

當時拍攝時間已經到了深夜，我需要取一條長長的走廊的街景，剛好在台北車站拍完上一幕，走過地下街的時候忽然覺得場景很合適，就地取材把過場的一幕戲拍完。這一幕很簡單，就是主人公在一條長長的走廊上自己走，一直走一直走，沒有盡頭。地下街的燈光是冷色系的，因為凌晨時沒什麼人經過，拍的時候剛好一個人都沒有，於是這一幕拍一次就過了。

最後配上主人公的獨白：「走進人群，消失在人群之中。然後回家，然後又到了睡覺的時間，每天這樣子反反覆覆平靜地崩潰，然後明天又來了。」

平平無奇的孤獨和悲傷，可以沒有任何因由。

看了一個科普節目才知道美國和日本
有設立一個叫「孤獨大臣」的職位，
以解決日漸嚴重人類社會中由孤獨
而延伸的問題，像是自殺、孤獨死等。

想起孤獨的時候就是這樣，安靜的、空蕩的、漫長的，就像你往空巷扔一塊石頭，輕輕地掉落在地上，甚至不足以撼動什麼，石子被遺落在某一處。你想了一下，你就是那顆孤伶伶的碎石。

有一次自己去東京旅行，預訂了晴空塔門票，我一個人在幾百米的高塔上俯瞰整個東京，屋子原來可以如此的細小。剛好到了傍晚，看著夕陽落下，東京的街燈亮了起來，接著家家戶戶的家燈都亮了起來。
萬家燈火，沒有一盞是我的。

誰能不去面對孤獨，神也大概沒辦法吧，我想。不是有句老話這麼說嘛，無敵是最寂寞，神在我們看不見的地方也無比孤獨吧。

• 孤獨和寂寞有什麼區別？

孤獨看似個人的遭遇或感受，實際上
每個人都會感到孤獨，孤獨是全人類共
同需要去面對的問題。

我很喜歡一個人回家的路途，耳機播一些喜歡的音樂，看
著車窗中飛快地從自己眼前掠過的夜城，還有透過車窗反
射而看見的自己。這樣的時候總是帶給我許多書寫的靈
感，有點孤獨，又有點滿足。

所有人書寫的時候都孑然一身的，就正如我們面對自己的
時刻，我想孤獨應該不僅僅是貶義詞吧，許多孤獨的片刻
都使我豐碩。

如果你向孤獨投以利劍，孤獨也會毫不猶豫向你伸出孤爪。
如果你不再對孤獨千推萬阻，孤獨也就不會成為你的錯誤。

誰此時沒有房子，就不必建造。
誰此時孤獨，就永遠孤獨。
就醒來，讀書，寫長長的信，
在林蔭路上不停地，
徘徊，落葉紛飛。

「里爾克《秋日》」

孤獨時可以做的事：

看電影，把自己徹底投放進某些故事中。

練字，書寫的時候心會變得平靜。

聽音樂，尋找人群以外的聲音。

創作，把自己的幻想變成真實可裡的事物。

拍照，以觀察者的角色欣賞這個人間。

記錄，蒐集自己的生活碎片。

學習，去認識自己不知道的東西。

散步，走很多很多的路，看很多很多的海。

生活是一條空空的陌巷。

最讓你難過的一句話？

「你好脆弱。」

~~你好脆弱。~~

我好脆弱

我又碎了一點.
習慣性地將自己打碎.

誰不脆弱呢？世上其實並沒有不脆弱的人吧,
每個人都是易碎物品, 都要小心輕放.

最難過的是，這是我和自己說的。

不知道什麼時候開始，我總是下意識地自我攻擊和自我批判，有一個思魔版本的自己站在比我還高的地方，扮演著我的上帝，我無法忽略牠的存在，牠總是對的，牠在我的世界中就是絕對的真相。

「你為什麼沒辦法更好？」

「你為什麼不能更強大？」

「為什麼？為什麼你如此不堪一擊？」

生活是一根拔不出來的刺。

至今仍然改變不了的缺點？

一個從小到大都無法改變的缺點，便是任何事情都想要尋找它的意義。可是啊，世上所有事都有意義嗎？

還是好不喜歡冬天啊。我意識到在冬天，生命會像是被冬天凝結了那樣，我才發現，原來生活也會結冰，原來心臟也是會變冷的。

前年的冬天在北海道躺雪，那是我第一次覺得，冬天也會有美好的事物。我所想像的一切不明亮的事物，它都擁有美好的一面，只是我沒發現而已。我想起去年寫的月記，二月這個時候，我寫說，新的記憶會代替舊的記憶，如今我已經可以重新定義那些寒冷的事物，包括冬天，包括我自己。

這陣子天氣反反覆覆，台北一直在下雨，我常常無法辨明

每個人都擁有一個黑色的小房間，
這個房間裡的大燈早就壞了，沒
有窗戶也沒光，空氣稀薄得快要窒息，
你不知道門在哪裡，你只能摸黑去找出口⋯

日子，有一瞬間我覺得我又回到黑色的小房間裡，那裡無論過了多久，太陽都沒辦法照進去。我不喜歡這樣子，沒有人喜歡這樣子，誰都想要每時每刻都活得努力、活得有意義。

然而停滯的時光又該怎麼去賦予它意義呢？

（要怎樣才要從這個黑色小房間出來）

一切都太吃力了。

收到教授對於劇本和論文反饋的那天晚上，我躺在著床上發了一整夜的呆，感覺夜裡的星星在一顆接著一顆的消亡，亮度在淡卻，像對所有事物的熱愛那樣，都往時間的那頭墜落，然後消失。活到現在，我好像還沒見過有東西不會消失。

我又在尋找意義了，又在做一樣的蠢事，一樣的藩籬，一樣的泥濘。

人會厭倦對錯嗎？

我們的意志是不是源於事情的意義？
我們是由大大小小的意義而組成的嗎？像是烙印

意義消失了，意志也跟著消失。

那天的日記裡我寫下了這句話，我感覺我能聽見「意義」
消失的聲音，就像我能看見一件事褪色，然後漸漸變成黑
白的、靜止的那樣。意義被某些現實的東西融解了，而我
的意志也無可奈何地伴隨著意義消失。是啊人怎麼可能不
在乎一件事物的意義，怎麼可能，我們做的每件事都被自
己賦予各種各樣不同的意義，有時候是喜歡、有時候是義
務、有時候是責任，或者出於任何一種的成就和獲得，又
或者是為了豐富、為了精采、為了抗爭、為了改變，目的
是一切的起點，這就是殘酷又世俗的人間。
我再也說不清楚自己是為了什麼而去做，但知道那肯定不
是為了消耗。
那天晚上我反覆問自己，如果一件事只有無盡的消耗，放
棄是不是一種獲得。我竟沒有答案。可是世上有什麼是
不需要消耗的嗎？

迎難而上　v.s.　知難而退

Silhouetted Fragments

生命的意義，又由誰說了算？

意義，會為一件事情加上光環，但同時它也成了我作繭自
縛的致命毒藥。

因為意義，我願意去做任何事，反之，因為沒有意義，我
會放棄去做任何事，這件事甚至包括活著。可是生命啊生
命，到底誰能夠去定義呢。

凡事尋找意義讓我總是不自覺用意義去考量任何事，如果
一件事失去了意義，我就再也無法繼續做下去，但是事情
很多時候卻沒有「標準的意義」。這個虛幻的自定義價
值，往往成為了困住自己的理由，把自己限制在「只做有
意義的事」上，我逐漸變成了一個片面的人。

例如，以前我覺得讀研究所充滿意義，所以無論任何人說
些什麼，我都勢在必行。可是當我聽見意義碎裂的聲音，
我便覺得它的意義消失了，沒意義便成為我放棄它的理
由。可是誰也沒法說準，因為意義其實是會隨著時間和階

很悲傷的事實：意義會消失
很慶幸的事實：意義會再生

我們卻不想讓世界定義，
那我們又憑什麼去定義世界？

段而改變的，用當下是或不是、有或沒有意義去判斷一件事的價值，這樣的自己，真的好狹窄。

就像不是所有迷失都是損失，也不是所有錯過都難過，一件事情的意義，並不會在當下就顯而易見。

不可能總是在收成。

人生怎麼可能只有收成？還有更多的時光是在承受苦難、糾結和迷惘，還要在生活裡走走停停，得失和取捨。你不能只看前進的自己，你還要看看停頓的自己，看看寒冷在你的生命裡有什麼意義。

二月月記裡寫到，如今我想到冬天，我會想起，是寒冷的天氣讓我想要成為一個溫暖的人。如若我沒有感受到冰冷，我不會想要長出滾燙的心臟，這會不會就是冬天之於我的意義。

冬天啊我知道我不該因為寒冷而否定冬天的意義。

Silhouetted Fragments

也許是太過於喜歡書的關係，我喜歡把我們的人生比喻成一本又一本的故事書，裡面會有開端、會有情節的停頓，也會有起承轉合，有故事的高潮，當然也會迎來曲終人散、快樂或悲傷的結束，然後是後記，然後是下一個故事的序章。

我覺得這樣的比喻很浪漫，就把一切當作伏筆，而冬天只是在為晴朗作序章。

這也許就是不夠明亮的一切的意義吧。

如果事與願違，就是還沒到故事的結局，又或許你以為的結局，是下個故事的序曲。

生活是隱影的意義。

假裝幸福或是假裝不幸？

假裝幸福

每個人都在表演。

仔細看的話，生活中的每個人都戴著不同的面具。

有些人用盡全力去維持美好的生活，被人群簇擁，享受著人們朝自己投來的羨慕眼光，但只有他自己看得到，回家時透過車窗反射出的自己有訴說不盡的寂寞。有的人在自

假裝不幸

己的生活裡受盡欺凌和委屈，終日憤憤不平，打造著屬於自己獨一無二的痛苦模樣，卻在與他人訴說悲慘的經歷時，故事還沒說完，對方就說聽過了。

我們總是在面對他人時假裝幸福，卻又總是在面對自己時假裝不幸。

問題是，我們既沒有幸福到可以到處炫耀，也沒有不幸到無可救藥。

於是我們就像是那滴凝聚在眼眶的淚水，久久掉不下來。

快樂的人也會傷心；悲傷的人也有笑容；
這是一種表演嗎？有時候我們會以和自己
完全不同的樣貌示人，我不像我自己，這又是
不是我的一面？假裝幸福的人是我，假裝
不幸的人也是我。實質上我們自己知道幸福
和不幸的人都無需假裝，而糟糕的是，我兩
者都不是，我在中間，快樂和悲傷都沒有
正當理由。

安慰別人或是安慰自己？

我發現，生活中常常安慰別人的人，都甚少安慰自己。

當然，作為別人生活的旁觀者，要給什麼人生建議都是容易的，因為自己不會深陷在相同處境的水深火熱中，所以更能用「上帝視角」，或者中肯、理性的角度去分析，或者去安慰，可是當發生在自己身上，那套理所當然「有用」的建議卻還是派不上用場。安慰別人總是容易的，安慰自己才難。

談及別人的生活總是頭頭是道，卻在自己的生活中一塌糊塗。

真正難的不是渡人，而是渡己。

長大是一個割捨的過程。從前你常常問怎麼辦，總有更成熟、更厲害的人來回應和安慰你的難題，你想要經歷過的人來給你指引，又總是不勸聽，你想有人來告訴你怎麼辦，卻又不相信別人輕易給出的辦法，年輕的我們總是自負又自憐。可是當你成為了別人眼中的大人時，你發現長

「不要這樣安慰他人」筆記：

既想開點吧！別想那麼多
既開心點吧！別總是不開心　既別哭了
既沒事吧，你想很有很多了　既我也是！我也試過⋯
既多喝點熱水！早點去睡　　　我比你更⋯

大就是這樣，你越來越懂得怎麼回應別人的怎麼辦，但越來越沒有人能夠解答自己的怎麼辦。於是你不再問也不再不服，漸漸變得更溫柔，也更懂得，在沒有人能夠安慰自己的時候，學會放過自己。

今天的自我修復：不必對世界滿懷希望。
寫下這句話的時候覺得心無罣礙。大家都說要快樂、要相信、要勇敢，我也很喜歡積極樂觀、眼睛閃閃發亮的自己，但我知道那不是唯一的生存方式，有的人平淡無光，安靜內斂，有的人就是深淵，無法許願。每個人的活法都不同，有些黑洞也寬闊自由，所以，真的沒有什麼大不了，不必滿懷希望，也可以抵達寬廣。
做不了的事，就去原諒它。

為什麼人言拒絕「心靈雞湯」？
因為做不到。你不會去拒絕你做得到或是肯定的事。

生活是成為別人。

悲觀是缺點嗎？

很多時候，我總是提前失望。

總是設想好所有可能會發生的壞事，這樣的自我危機意識常常使我陷進負面的情緒中，這也使我提前想好當最壞的情況出現時，我該怎麼辦。久而久之，這成了一種習慣，用悲觀的眼光來判斷生活，聽起來很悲傷，實質上給我帶來許多好處。不對事物有過大的期望，意味著減低自己的失望，生活中就會多出許多超出期望的小確幸。

雖然常常有人說我太悲觀，但我仍然覺得悲觀不是缺點，因為這樣我才懂得，在有限的生活裡做我力所能及的事。

做力所能及的事　聽起來很簡單，就是做自己可以做的事。既然可以做，那有什麼困難呢？然而生活中可以做到這一點並不容易，因為人常常會為了自己做不到的事情而痛苦，卻不會為了自己能做到的事情而快樂。意識到自己的界限在哪裡，在自己擁有超越限制的能力前，做好自己

你有今天的待辦事、作業、工作、目標、
要吃的飯，要回的訊息，把萬事可及的事做完，做好好，
再來談實現明天的目標。

超越限制的能力不會說有就有，也不會從天而降，它可能並不會降臨，但你並不知道關於明天的真相，所以今天你還是要把眼前的事做完，做你可以去做的事。

能做的以及應該做的，是件無比了不起的事。

不是只有無條件的積極是前進的力量，悲觀也可以是一種前進的力量。

防禦性悲觀見（Defensive Pessimism）以負面的方式思考，降低期待以及預先想到各種不理想的情況，提早加以應對，降低事情失敗的可能。

抑鬱寫實假設（Depressive Realism Hypothesis）患有抑鬱的人更能實際地看到事情全貌，做事相對小心和謹慎，避免發生更多的錯誤。

生活是力所能及的偉大。

你在不在意別人的目光？

我常常覺得自己不適合成為作家，應該只去做一個喜歡書寫的人。

如果只是喜歡書寫，我應該會快樂很多，因為書寫是自己的事，做喜歡的事不會覺得難過。可是成為作家之後，書寫就不只是我自己的事，我的作品不只屬於我，還屬於每一個看過或聽聞的人，喜歡和不喜歡的人。每個人就是一雙雙目光，我就像是一本被陳列在書店的書，經過的人可以肆意地打量我和評論我，而書不能反駁，書只會靜靜地躺在人們的手中，接受所有目光。於是書寫開始變得沉重，我忽然意識到，被凝視的可怕。

這一條路上，謾罵和批評、受人喜愛和受人討厭、自我懷疑和懷疑世界、滿足感和虛無感、無知和無能、高牆和目光，這些都是我的荊刺。我既無法優秀得被全人類喜歡，也無法勇敢得穿透所有目光，我只能背負起這個身分舉步維艱地前行。

社交是眼光，習慣是目光，知識是眼光，
學習是目光，網絡是目光，評論是目光，
你都是別人，也被別人給包裡，逃無可逃。

生活中，處處都是目光。

在因為他人的評價而感到絕望的時間中，我恨我自己還不
夠堅強，無法抵擋來自世界的槍矛和惡意。如果我可以更
勇敢就好了，常常說要活好自己，不要太在意別人的目
光，其他人也會這麼勸告你：「看開一點啦。」說起來很
容易，但實際上，我覺得極少數的人才可以真正地做到。
除非你能真正地逃離人類和社會，那也意味著你會永遠孤
獨和無助，否則我們將永遠活在其他人的目光之中。
我們就像風箏，嘗試去逃離風，可是這怎麼可能？風才能
讓風箏飛翔。我也是，我只有在目光中才可以成為作家。所
以不必騙自己毫不在意，沒有人能真正地獨善其身，於是
我們吃飯會去搜尋店家的評分，看電影會去查看電影的評
價，買書時也是如此，任何人都無法從他人的目光中逃離，
於是我們是獨立的個體，我們也是眾星的整體的一部分。

最大的難題的是，你不想合群，但你也不想孤獨。

來說是非者，便是是非人。
說是非的人也會成為別人眼中的是非。

想要讓所有人都喜歡自己，這是件不可能的事。

但還好這是一件不可能的事，也就代表，我也不需要去喜歡所有人。

如果你不接受別人對你的目光，不接受別人對你的聲音和意見，別人也不會接受你的聲音和意見，我身在目光中，有時我也是目光本身。

我開始去想，既然我無可避免地身在其中，那我能做些什麼呢？這種對於別人目光的在意也有好處，我越是在乎，就越是會小心自己對他人的評價。我雖沒有能力改變世界，但我至少可以用自己小小的力量希望這可以帶給世界一些好的循環。

如果沒有自由和批評
我們又會去控訴世界 沒有自由。

總會有人對你有期望，也總會有人對你失望，畢竟沒有人能感同身受。對別人期待總是輕易的，不讓自己失望才是最難的。所以你要記住，你知道自己的付出，你無愧且坦蕩，就好。

做不到不在意，真的沒有關係，但唯有一件事跟自己約定好。

如果只把你的時間花在批評和詆毀上，如果你只重視這些負面的事物，那對喜歡你和欣賞你的人多不公平啊。

就如同你如此在意別人的不喜歡一樣，也要同樣在意別人的喜歡。

目光可以是高牆和負擔，也可以是欣賞和鼓掌。

多花點時間在好的事物上吧。

生活是與目光的碰撞。

58

你 是 一 個 擅 長 抽 離 的 人 嗎 ？

作為一個文字工作者，書寫是我日常所有。所以理所當然，我會用文字來感受，同時也感受文字；我用文字來表達，同時也被文字表達。文字成為了一種深陷的方式，同時也成為了我抽離的方式。

上半年閉關了幾個月，日日埋頭寫畢業論文。習慣寫日記的我，一回過頭就發現，自己已經很久沒有靜下心來書寫自己的感受了。要理性地分析文獻資料，同時很感性地看待生活，是件很困難的事情，所以那一陣子，幾乎是下意識地，我習慣了以第三人稱的視角去過我的生活。

許多時候，我都只是靜默地看著一切發生，然後接受，然後習慣，然後遺忘。我不喜歡反駁，也不喜歡對立，糾結於已經發生的事情，不會讓現在的自己比較好過。表妹曾經說過，我是個很無情的人，我回答，是嗎，也許是吧。許多情感就這樣戛然止於將要發芽的一刻。

每天都用不同的線拉扯著自己，
過著第三人稱的生活，我不像是我。
~~她又不開心了，她又痛苦了，她又忍不住去愛了...~~
我　　　　我　　　　我

我看待自己，就像看待其他人一樣。
一樣平凡、一樣陌生、一樣愚不可及。

我逐漸地成為一個擅長抽離的人。
很多時候，當一件事發生，第一個產生的感受並不是直觀
的快樂或者痛苦，而是「我知道了，然後呢？」緊接著是
分析事實，理性客觀地像是旁觀者，不再發瘋也不再歇斯
底里，不再讓任何情緒掌控自己。你每時每刻都做好準備
要全身而退，對待自己總是擺出事不關己的姿態，你常常
沉默，過度清醒，克制自己要做到懸崖勒馬，避免所有手
足無措。你成為了一個精練的大人，你終於滿意了嗎。

看著，我只是看著。

成長就是一個慢慢學會規避傷害的過程。雖然抽離能避免
很多感受痛苦的時刻，但同時也喪失感受深陷的時刻。就
像是一個不喝酒的人，不知道醉的滋味。

希望是半個生命，淡漠是半個死亡。 紀伯倫

不再深陷什麼，也不再盡情和慶幸，你忽然忘了，那條連結心臟的橋梁是何時被自己切斷的呢。你曾經說過「越在意的事情越讓你痛苦」，然後你終於不在意任何事了，終於把抽離練習成如呼吸一樣自然，你竟一時說不清到底擅長抽離比較悲傷還是無法抽離比較悲傷。

不要這樣，不要再這樣下去。
不要害怕深陷。
不要拒絕一切感受。

起比初你不肯陷入世界之中，
你嘲笑過那樣不夠清醒的自己，
然後你開始好奇，
好奇那些深陷的人擁有什麼經歷和感受，
於是你嘗試踏入世界的場域，可是世界不要你了。
它說：「你太清醒，太自以為是了。」

• 理性還是感性？

這個世界好像沒有純然理性或純然感性的人，
只是在面對事情時調動不同的自己去應對問題，
是我們願意將哪個自己率先放在前面。

我習慣將感性的自己放在最先，萬事發生時先以最直接
的情感來體會，然後被傷得遍體鱗傷，才會清醒過
來，用理性告訴自己該如何去應對問題。

很多時候，我既是生活的答題者，也同時是生活的
出題者，這大概就是理性和感性之間的關係吧。

生活是人生的旁觀者。

如何面對遺憾？

遺憾著，惦記著，取捨著。

以前我寫過：「遺憾並不等於後悔。」

這句話的意思中，遺憾更像一個中性詞，沒有任何褒貶意味，只是生活的副產物。每個選擇都代表著分岔路口，也就會有不同的發展、不同的結果，沒有實現的那條路就多多少少會留有遺憾。遺憾就是這樣，不悲不喜，事情不夠圓滿，並不意味著自己已經完成的部分不夠好，無論多麼成功或者失敗，都會去想，如果當時做了別的決定，萬一那個時候的自己怎樣怎樣，現在的生活會成為什麼樣子呢？會不會更好？會不會更壞？會不會發生更多自己意想不到的事情？

未能實現的一切，放在了心裡，只想偶爾拾起，偶爾掛念，然後再繼續前進，經歷變成了經驗。

放在自己面前的從來不止一條路，
任何沒被選擇的路都會成為我的遺憾，
無數個平行時空中無數個我都在經歷遺憾，
既成了我的遺憾，我也成為了誰的遺憾。

然而後悔不一樣，後悔是推翻以前的自己，否定自己做過的事情和決定。這樣很不好，因為無論怎麼後悔，人類依然沒辦法倒轉時間。後悔毫無用處，後悔只會把自己徒留在原地，然後悔恨當初，不只浪費了從前，還浪費了今天，不停地為昨天感到抱歉。

我有很多遺憾。

不去為遺憾感到抱歉，
而是去道謝，沒有更多的遺憾發生。

其中一個是沒有和高中的好朋友保持聯繫，以致於現在的生活中再也難以去懷念關於青春的記憶，這教會我明白到任何關係都需要努力經營，這是遺憾的結果。我大學的生活一點都不精采，我常常會羨慕別人有熱血豐富的校園生活，可是我每天都要打工維持生活所需，一回過頭來發現自己的校園生活空白一片，卻也因此比其他同學多了許多工作經驗，使我更早踏入社會、更早思考未來去向、更早實現自給自足的生活，這也是遺憾的結果。

沒有精采的社團活動和營隊，
沒有含辛地參與學校的任何活動，
沒有活在任何團體中，自然就沒有歸屬感。

遺憾變成了生活的警醒。提示著自己，你看看噢，你曾經做的決定留有了什麼遺憾，現在看清楚面前的路口，好好選擇往哪兒走，好好取捨。

遺憾人人皆有，可能是不甘心，可能是更大的野心，也可能只是懷念從前，沒有人可以斷言「我的人生沒有任何遺憾」，圓滿無縫的人生並不存在。
可是我可以堅定地說出：「我並不後悔。」

不後悔，即是安放遺憾最好的方式。

蒐集自己的遺憾

沒有更早看《進擊的巨人》和《排球少年》

沒有更多陪在家人身邊

沒能擁有豐富多彩的校園生活

沒能告訴她我很想她

沒能把小時候寫的小說保存下來

沒能找回我丟失的手稿

沒能更早看台灣的書

沒能擁有一個青梅竹馬

錯過一次見偶像的機會

錯過一次去夏威夷的旅程

愛過 ＿＿＿＿

恨過 ＿＿＿＿

生活是遺憾的總和。

怎麼面對無力感？

生活不免常常會感到無力，其中大抵能分成兩種原因。

第一種是我們對事情失去了興趣，簡單而言就是不喜歡了。

第二種是事情沒有進展，喜歡但是沒有成就感，停滯不前。

面對第一種情況下的無力，不喜歡了的話做什麼事都逆轉不了，因為喜歡本來就是最大的原動力。如果有選擇的話，這時我會建議及時止損，停止無謂的付出。失去熱情的心臟是一座空城，怎麼努力也給予不了豐盛，學會放棄，不再堅持連自己都覺得毫無意義的事情，就是對自己最大的友善。

除非是非做不可的事，比如學生身分的主要任務就是學習，社團幹部的身分就是要負責好社團的事，當老師的義務就是教學，成為運動選手就要面對比賽。這是那個位置要面對的分內事，不喜歡也要去做，沒有選擇的人不能談放棄，這時能做的就是把它當成人生必經的課題。既然遲

收到這樣的提問：無所謂的人是不是沒資格放棄？

答：不是，無所謂的根本不在乎是否放棄，

沒有選擇的人才沒資格放棄

使人疲憊的不是遠方的高山，
而是鞋子裡的一粒沙。 伏爾泰

什麼是你鞋子裡的沙？什麼使你走不下去？

早都要經歷，就按部就班地完成，告訴自己，再一下下就
好，再一下下就天明了。

如果是第二種情況，事情沒有進展，但是你放棄不了，進
退兩難。這時你只要明白到一件事就好，沒有事情一直都
是上升趨勢的，往往前進是小數，原地踏步和後退的情況
才是常態，我們只要做到不放棄，就是一種進步。
厭倦期的時候，總是會急著想要證明些什麼，急著想要找
回自己的熱愛，急著改變，動搖的狀態下很容易導致不進
反退。如果要求自己一直熱情，就會不斷厭惡不夠熱情的
自己。

人不可以總是在奔跑。奔跑前的準備和奔跑後的疲累，也
是奔跑的一部分。

沒人可以一直跑個不覺得累，
正確對待累的方式：休息
錯誤對待累的方式：放棄

其實無論是喜歡的事還是不喜歡的事，都一定會消耗自己，所以不可能每天都充滿能量。或許到了一定的地方就會開始倦怠，但是覺得疲倦不一定就是這件事不再適合自己了，很有可能只是一下子消耗太多自我。人心有時候也是一種有限的消耗品。

不如先停下來，醞釀能量，為明天的自己做準備。

重要的是，不誇大自己的熱情，但也不貶低自己的無力。

每一次完成一次創作就迎來漫長的一段空白期，通常會是冬天（說不準也可能突然而來），在這樣的低潮期裡我什麼都做不了，無法創作，無法見人，無法振作，無法入睡，有時也無法進食，做不到的事情太多了，整子裡忽略的不只是一些小事，而是一切事，我很討厭這樣的自己，誰會喜歡呢？大家都理所當然愛那個做事充滿熱情的自己，我不知道這樣的頹廢會持續多久，我真的走得出來嗎？每次質問自己，催促自己，逼迫自己，鞭策自己，但我又不是一匹馬，我不是機器，我不是死物，我自然就有起伏，為什麼我不能尊重低谷的自己？事實上，每次我以為自己要完蛋了，我都不會真的完蛋，我想這就是低潮時我的努力吧。

生活是走走停停，暫息又再起。

最近有什麼生活感悟？

最近看到這樣一句話：「你學不會的事，上天會讓你經歷
一遍又一遍。」

~~我像是被抽子巴掌一樣。~~ 心懷感傷在被人能強地拒絕。

忽然想起我常常頭痛的時候，剛開始痛了一陣子，沒有立
刻吃藥的話，疼痛感會越來越強，直到我吃止痛藥。而如
果我選擇忽視它，睡過去之後，第二天起來仍然會頭痛。
比如，一個一直習慣付出和討好的人，在愛裡受過傷害，
如果他不會改善自己無條件討好愛人的習慣，他下一次
還是會在愛裡受傷害。比如被悲傷淹沒的人，總是無法自
拔地陷進悲傷和痛苦之中，他沒有學會與悲傷和平共處的
辦法，就會一直經歷悲傷，一直陷進悲傷裡。

比如我，總是想要更大的目標來填滿我空空如也的心，然
後等到新目標完成的時候，我又會回到那個頹廢的狀態，
一次又一次，在荒蕪裡不死不活。

沒有例外。

未能表達的情結永遠不會消失。它們只是被活埋了，
有朝一日會以更加醜陋的方式爆發出來。 佛洛伊德

如果我沒辦法戰勝這種荒蕪，我就永遠無法擺脫。

我們終究要面對以前沒有解決的問題。

兜兜轉轉，你以為自己可以逃離傷害，但實際上你沒有逃
離。如果你沒有學會去應對它，你會一直一直遇到同樣的
事，一直在同樣的坑裡跌倒，直到你有辦法找到自己爬起
來的方法。

最終，所有的傷都會回到自己身上。

你的錯誤不會結束，直到你從錯誤裡領悟，
逃啊逃，最後還是會再出現，然後再錯，
你再學不會，它就永遠不會消失。

生活是我的錯和果。

你如何看待痛苦？

我很喜歡聽悲傷的歌，看悲傷的故事，大抵就是喜歡一種
「喪喪的」感覺，所以我常常悲傷，也常常讓悲傷任意恣
長。我想了很久，我到底本身是個悲傷的人呢，還是我選
擇這種悲傷的生活方式呢？我為什麼感到痛苦，又為什麼
讓自己感受痛苦？

研究所畢業論文的研究內容是電視劇的反派人物，比起十
年或二十年前作品中純粹的壞人，現在的大眾更喜歡看以
暴制暴的主角，適當「壞壞地」做正義的事，通常這樣的
主角都會有悲慘的過往或可憐的身世。在寫論文的過程，
閱讀文獻時發現一個很有趣的概念，叫做悲劇悖論，指痛
苦、悲傷、恐懼和焦慮等負面的情緒會給觀眾帶來愉悅
感。所以有一本編劇指南裡寫說，盡情地「虐」觀眾。我
這才意識到，原來人會在無意中享受痛苦的感覺。

• 喜歡喜劇還是悲劇？
BE（Bad Ending）美學到底美在是什麼？
喜歡結果你才會一直想起它。

利用你的痛苦，
不要欺騙它。 　海明威

開心通常只是一瞬的事，不必想如何度過。傷心的時候喜
歡看傷心的內容，以此發洩自己悲傷痛苦的情緒；不太傷
心的時候，去看傷心的故事，以確認自己還有情緒，還能
感受到悲喜。人真的是不可理喻的生物，我們一邊逃離痛
苦，一邊不可或缺地需要痛苦。

我發現自己並不痛恨痛苦，並總是藉此觀察痛苦中的自
己，就跟我並不討厭死亡一樣，覺得死亡和痛苦都是生命
中不可或缺的一部分，甚至回想起人生中絕大多數深刻的
經歷都跟痛苦有關。很多時候快樂之前都會度過很漫長一
段痛苦的時光，愛而不得、痛而不捨等等煎熬的狀態，這
個狀態往往是在塑造自己，什麼對自己重要、什麼對自己
不重要、什麼是自己喜歡的或討厭的、什麼是割捨了會疼
痛的、什麼是竭力挽留的。如若不經歷這些起起伏伏，潮
起潮落，人生將如一攤死水，空蕩、蒼白、無聊，感覺不

痛苦是快樂的大門吳。

• 你能想到最痛苦的畫面？
  一個老人坐在搖椅上搖啊搖，沒有起伏，
  等待死神來回收自己沒用的生命。

到痛苦，也感受不到快樂和欣喜。沒有起伏也就沒有故事，沒有人希望自己的人生空空如也，無話可說。

想起了叔本華書裡寫的一句話：「人生就像鐘擺，總是徘徊在痛苦和無聊之間。」
生活更多的不是快樂或痛苦，而是在中間的不喜不悲，所以人們創作許多悲傷的歌、悲傷的文字，試圖讓自己不喜不悲的生活產生些許變化。回想人生中最痛苦的時刻，竟然不是撕心裂肺或痛徹心扉，而是失去活力。

五月的雨下了好久。五天內我看完了四本書，寫了一些可有可無的文字，下單了一些前些日子很想買的東西，寫了一些手帳，回了一些訊息，每天都做了一些夢，吃了一些藥，練了一些字，和貓咪打鬧，頭有點痛，不想看劇，不想醒來。我的痛苦居然來自於我感受不到任何痛苦。我在日記裡寫，我好想要滾燙的心臟。

我忽然覺得，感受痛苦和悲傷，真的是件了不起的能力。

最終我們竭盡全力，為的不是獲得快樂，而是逃離無聊。

→ 亲定和刺激並不能共存。

每當我在說沒有快樂，也沒有痛苦的日子裡流逝了一段時間，整日呼吸著所謂好日子的溫暖空氣，我就會感到自己的幼稚在心靈深處，有一股難撲的痛楚與凄苦正在蔓延。我總是盡可能的找尋那些通往快樂的途徑，不過，如有必要的話，我也會選擇通往痛苦的路徑。

里塞《荒原狼》

去快樂的路上會痛苦

生活是痛苦的過渡。

你從過往的離別中學會什麼？

事實上我說不清楚我們為什麼會分離。

其實我說不出任何離別的原因。在外人看來，每一場離別都有一個臨界點，有什麼事情引起導火線的燃燒，這件事或許只是普通的小事，可能只是一次訊息的怠慢、一次如常的遲到、一句無關心的詞句、一些無關緊要的反應和冷淡，其實並沒有什麼，甚至可以稱得上是小題大作。

幾年前因為一件小事而和要好的朋友斷絕了來往。我記得那不過只是一個安靜的午後，與其他日常並沒有差別，我們相約一起吃飯。與過往的十年一樣，她沒有來，我也見怪不怪，過往許多次約定都是如此，毫無預警地取消和被取消，沒有什麼不同。我現在已經有點記不起來，我只記得當天我哭得很傷心，前所未有的傷心。那一天家人剛好為我煮好了飯，連同她的份，然後家人去上班了，我一個人面對著整桌豐盛的菜，哭著把兩人的份都吃完。我沒有跟她說，也沒有跟家人說。

很可笑，人居然會為了一點點小事而離別

明明可以說出來，可是在那瞬間已經不想說了，不想說的心事，就只能任由它沉沒和擱置。

我們的心裡都有一把尺，
但每個人的量度都長短不一。
我們看不見他人的長度值，所以
越過了某一條無形的線，我們就斷了。

後來知道她當天發燒了，可是一切都不再重要了，就是有
什麼在一瞬間碎了。我們就像是一個已經在漫長歲月中被
盛滿的杯子，那一天就是最後一滴水，然後就溢出來了。

人的感情很奇怪，不是加分制的，而是扣分制的，離別從
來不是一瞬間的事，所有離別都有原因。
離別是一場漫長的伏筆。心臟有記憶的能力，昨天的怠慢
抽空了一點心臟的熱情，只是細微的 0.1 而造成的些許失
望，當時誰也沒有想到這些瑣碎的 0.1 累積起來，失望演
化成習慣，習慣的終點是心的歸還。不是誰偶然的什麼行
動，而是在漫長的時光中，慢慢地把熱情掏空。所以當你
問我，你們為什麼離別，為什麼背道而馳，為什麼突然間
不那麼好了，為什麼不再在一起了，我好像真的沒辦法告
訴你，我們轉身的原因。
大概就是「算了」，這兩個字吧。

算了…是我最常和自己說的話，
算了，都算了吧…

和她經歷過人生許多重要的事，比如初戀、失戀、我的學生時代，我的青春，我的勇敢，我沒想到的是我們原來還會經歷離別。

沒有那個女孩在身邊，每年夏天我都想起她。
和她的最後一次見面平凡得我壓根已經想不起來，當時我沒有意識到，那是我們見的最後一面。其實我已經不會難過了，那一天前所未有的傷心都已經不見了，可是我們的開心和親近也都跟著不見了。
我很想念她，以後也會一直這樣想念她。

不要忽視每一次微小的傷心。不要就這麼算了，不要不去計較，最好的關係其實是相互計較，相互虧欠，永遠欠著，就是永遠牽絆著，相互牽絆才能夠跌跌撞撞地走一輩子。
現在想起，我居然想不到任何理由可以主動找她，我們都沒有虧欠對方，所以不用歸還。不用歸還的關係像是中轉站，你知道那不是起點，也不是終點，你只是涉水而過，然後不再回頭。

仔細一想，世上所有擦來站都是最熱鬧的，可是它們都不是終站，它們不會成為人的歸宿。

不是佔有，只是暫有。

每一次轉身都要好好說再見，因為那可能是最後一次見面了。

珍惜遇見，沒有人理所當然會一直在你身邊。

誰在你身邊，你又在誰身邊？
很喜歡韓文的打招呼語：안녕（安寧）
是你好，也是再見，相遇和告別說一樣的話。
願你安寧，無論是和我相遇或和我告別。

生活是不會再來的訣別。

你是一個獨立的人嗎？

小時候的夢想是自由和獨立。想要推翻所有的牆，對某些人而言，牆可能意味著保護和供養，對另一些人可能是枷鎖和阻擋。於是我早早離開家，去世界流浪，假裝自己已看夠了世界的升沉繁衰。

成長的過程中總是有人告訴我們要做什麼，比如到了某個時間，爸媽就會叫你吃飯，早上起床，就去上課。老師會告訴你要做什麼作業，大人告訴你要考好的成績，去好的學校讀書，然後告訴你要成為怎麼樣的人，盡怎麼樣的責任。新年有一些必做的習俗，情人節就送禮物。長大、讀書、考試、工作、賺錢、結婚、生子、買車、買房，總有人給你一連串的清單要你去完成。然後你在地球上不斷地被生活暴烈地拉扯，你變得不是你，你傷心、絕望、憤慨、痛心、悔過、憎恨，慢慢地背起自己沉重的生活，但這並不是獨立，這只是無可奈何下的承擔。

長大的人並不都獨立，但獨立的人往往已經長大。

成熟非成熟

長大非獨立

獨立不需要偽裝。

這不是一種逞強，不是我假裝自己無所不能，然後暗地裡
蓋著棉被委屈。不是什麼都能做到，而是有能力去弄清楚
生活中的一切，這才是獨立。獨立不是一種生活的狀態，
而是一種心的狀態，知道自己要做什麼，回應自己的訴
求，因應情況做出選擇，然後後果來的時候絕不逃脫，安
然面對。

獨立絕對沒有委屈

我其實很早就一個人生活、賺錢和出走，我以為自己已經
足夠獨立，但事實上並不是如此，那只是一個偽裝，而實
際上我討厭這個看似「獨立」的自己，因為那不是我選擇
的結果，是我被迫接受的結果。

真正開始變得獨立，是研究所階段，我根據自己的喜好選
擇要就讀的方向。和大學不一樣，大學時可以迷茫，仍然
會有人教你怎麼做事，告訴你什麼時候要交什麼作業，而
自己也是，仍然處於尋找和發現自己的階段。然而研究所

不同，教授基本上不怎麼會管你，你要自主地規劃好一切，無論是閱讀文獻還是撰寫論文，一切都由你自己去做。你不明白的事情要你自己去弄明白，你做不到的事情要你自己去學習，你同時要顧好生活和學業，這樣的平衡要你自己去衡量。什麼重要或不重要，你自己決定。

這才是人生真正的樣貌，不是被迫獨立或自我孤立，而真正地自己耕種自己收成。如果你沒有花足夠的努力去做研究或寫論文，你就要自行承擔後果；相對地，如果你非常努力，它也會反映在你的收成中。

很多人覺得這個過程很痛苦，但獨立恰恰就是你不視它為痛苦時，才稱得上獨立。

一開始面對這樣新的學習模式非常困惑，我們比自己想像中的還要迷茫，當前也沒有人告訴我們怎麼做的時候，每走一步都充滿不確定。再也不是被動地接收知識，而是自覺地去選擇接收什麼，然後變成自己的寶庫。

→ 輸出是最好的輸入。

很喜歡泰勒絲今年在紐約的畢業致辭中的一句話：
「壞消息是，從今以後你要靠自己了。好消息是，從今以
後你要靠自己了。」

是啊，不需要去心疼獨立的自己，這是我聽過人生最好的
祝福。

Scary news is you've on your own now,
Cool news is you're on your own now.
前半句是恐末，後半句是獨立。

很多人做到自給，
很少人做到自足。

生活是自給自足。

什麼時候你會覺得無比空虛？

五月了，窗外下著初夏的雨，一切都變得黏膩。

五號的清晨，我把研究所的畢業論文和劇本終稿發出去，
十四多萬字，整整陪我從今年一月到現在這幾個月的日日
夜夜，看著每一天的日光漸亮，我的意識漸漸模糊變暗。
想過無數次結束的畫面，以不同的形式，可能是我沒能力
完成所以選擇了延畢，也可能是直接「擺爛不寫了」，可
能是休學……各種各樣平行世界中的自己，終於變成了現
在。結束的時候，那麼安靜，那麼輕，輕得像是塵埃飄
過，無聲無息的。

中間無數次想要放棄，想著自己或許並不是寫故事的料，
甚至是懷疑自己已經失去了書寫的能力，想著也許喜歡的
事和擅長的事並不對等。很可笑，人會用各種各樣的形式
來懷疑自己。

只要有填滿就會有空缺，
除非你永遠不去填滿，
否則你永遠無法拒絕空缺。

我們們的心有多小，為什麼裝不下人間萬物？
我們們的心有多大，為什麼怎麼都填不滿？

是呀，然後一轉眼，我就從空空的檔案，寫上了滿滿的字。很有成就感，那一天我很開心，漫長的旅程來到了一個段落，我覺得自己一定和從前有些許不一樣了，說不出來是什麼，但這些經歷應該已經嵌入了我的靈魂，成為了我的一部分。

把這種欣喜寫成了〈熱愛〉那篇文章，我倒頭就睡，這些年月沒有一天睡得安穩。隔天醒來，我一點力氣都沒有。

外面的天已經黑了，我錯過黃昏，不知道自己睡了多久。

每次用盡全力奔跑後就會這樣，沒有中間。

說不上來的複雜情感一湧而上，我的心臟又自動地把一切歸零了。

又來了，這種感覺。

這種空蕩蕩的感覺又出現了，它佔據了整個心臟，我甚至不知道這種感覺是不是真的存在，虛無可以算是一種感覺嗎，如果不能，那佔據我的心臟的又是什麼呢。

• 聽說過「空心病」嗎？
一種心臟空空如也的病。

沒有，可能什麼都沒有。人的心臟上怎麼可能什麼都沒有，我在想，一定只是我文字太貧瘠，形容不出來，否則我就要承認，我的心臟是空的。

不重要，沒什麼重要的。無聊，無聊極了，無可救藥，不可理喻，渺小，一切都太渺小，明瞭，不明瞭，找不到，找不到，痛苦嗎並不，傷心不見了，去哪兒，忘了，忘了，我是什麼。有什麼故障了我想。

為什麼我的心臟空空如也。

曲終人散，你也該離場。

你就是這個空蕩蕩的放映廳，而現在已經無人回應。

熄燈，你能做的只有熄燈。

這個放映廳未來也會再次熱鬧起來的吧。
熄燈只是一部片的結尾，可人生不只是
一次的放映，生活是無數的放映。

나의 해방일지
《我的解放日記》有兩句很深刻的台詞：

「我的內心從未被填滿過。」
난 한 번도 채워진 적 없어

「你呢？你有填滿過誰的內心嗎？」
너는? 넌 누가 채워 준 적 있어？

是啊，每個人都想被填滿，每個人都缺憾，
那誰去當填滿別人內心的人？誰去給予愛？

生活是熄滅一盞又一盞的燈光。

人殘忍嗎？

除去人類歷史上所有不可饒恕的戰爭、殺戮、酷刑以及駭人的犯罪，生活中的人殘忍嗎？

近兩個月在讀天文學。

你知道嗎，一九七二年人類在第六次登月的任務之後，再也無心探索月球。當人類知道那裡無法實現殖民太空的夢，月球就徹底成為了地球的陰影，甚至不再在乎月亮正一點一點遠離地球。事實上，月球每一百萬年就會疏離一秒鐘的距離，也就是，這場離別，早在二十五億光年之前，就已經開始。很悲傷，人類的愛真的很有限。

誰都無可倖免地對事情感到厭倦。

天文學認為月球已經沒有探索價值了。

人人都殘忍。比如貪新厭舊、冷漠、期待和目光。

我們真的很奇怪，總是渴望自由，卻又買花、養魚、去動物園。

價值，該死的好價值。

說很多很多再見，卻又不珍惜明天。

做很多偉大的事，卻又把自己弄丟。

用心去愛，卻又在沉默中互相傷害。

有很多不足和不快，卻又不肯悔改。

總是許很多願，卻總是逃不開厭倦。

怕被辜負，自己卻擁有很多不在乎。

都是我

人們總是愛了又放棄。

承認吧，我們都是如此愚不可及。

生活是刀刃上的殘忍。

你的黑暗面？

〈有時候我只渴望一切毀滅〉

我害怕一覺醒來，日子太長

我害怕自己已經厭倦了今天

而明天，還太遙遠

我害怕你發現我沒有悲傷

沒有幻想，也沒有迷茫

沒有欲望，也沒有嚮往

二十七歲又幾天

我沒有許願

沒有想要成為的人

我什麼都不想要,
我不想要更多金錢,我沒有想要或想得到的東西,
我不想去愛或被誰愛,我不想得到任何情感,
我不想吃飯,我沒有任何想吃的食物,
我不想旅行和出門,我沒有任何想去的地方,
我沒有想做的事,沒有夢想和願望,
我不想說話,我心裡什麼都沒有自然吐不出半句語言,
我不想相信任何真理和唱你,神也拿我沒辦法,
我不想書寫,我沒有任何想寫的故事,文字只是一堆累贅,
我不想去看海或月亮,它們已經沒有任何意義,
我沒有想成為的人,而我甚至不覺得難過。

生活是一場虛妄。

人是不是越活越沉默？

剛開始我們總是侃侃而談，心裡的委屈訴不盡，想讓人理解的欲望大於閃躲難過，所以我總是寫，寫很多班門弄斧，企圖去留下一些痕跡，企圖告訴世界，我在這裡，狠狠地傷心著，你們看見了嗎，我正在疼痛著呢。

然後我們漸漸懂得，有人理解或沒人理解，一切都不會更好也不會更壞。那些我以為不可一世的故事，正在每個人的生命裡冗長著。每個人看上去都如此雲淡風輕，我也是，看起來如此淡薄，可自己知道身體裡正在有什麼痛楚迸濺著。你開始不知道怎麼去訴說，不知從何說起，如果要說起現在的痛，可能就要說起上個冬，或者如此多過往的沉重，該怎麼去拾起積積絮絮的所有昨天。

我說不清楚，我是從什麼時候開始變得沉默。

不說了，不等了，不哭了。

從我身邊走過的所有人們，我都會記得，可是那也僅僅是記得。我看著他們從鮮活的五彩斑斕，慢慢褪色成黑白照片的樣子，除了是對於人生有點感慨之外，我沒什麼太大的情緒，我竟然已經說不出關於他們的故事。從身邊走過的人，就是走過了，就是過了，就是走了，就是沒了，緊抓著沒有了的東西是會不斷地消耗自己的。大抵是因為我沒什麼剩餘的自己可以消耗了。

心臟長出厚厚的皮繭。

前兩年的冬天去參加表妹的畢業典禮，看著她和朋友意氣風發和閃閃發亮的笑容，我想到我畢業的那天，想到所有事情結束的那天。我終於知道為什麼自己再也流不出眼淚了，是在歲月的磨蝕和淬礪中慢慢變成這樣的，我在第一次失去一個人的時候哭得潰不成軍，第二第三第四次的時候就再也不會哭成那樣了。人除了往光明的部分生長之外，同時也會往更深沉的地方生長，一旦接受了某種悲傷

很悲傷，人什麼都會習慣。

的發生，就再也回不到最初的時候。所以我沒有再為從身邊走過的人流眼淚了。

一點一點的流失掉一些東西，有可能重新回來嗎。再也沒有的東西，有一天會重新來過嗎。會嗎。

我們的人生就像是一艘忒修斯之船，在航行的時候每次遇到風浪船就會破損，於是我們拿著新的木頭去修補我們的船，直到整艘船的所有木頭都不是最初的木頭了。我們就是這艘破爛的船，仍然還要往彼岸駛去，即使我們都已經不是最初的人了。

故事太長，恐怕說完就已人走茶涼。

新的朋友你來換一塊木頭，
信仰你來換，對你的朋友你也換，
我跟爸爸你也來換，一塊一塊修補破爛的那艘船，
直到我再也不是原來的我。

忒修斯之船（ship of Theseus）
如果忒修斯之船上的木頭逐漸被替換，
直到所有的木頭都不是原來的木頭，
這艘船還是原來的船嗎？
如果是，但它已經沒有最初的任何一根木頭了；
如果不是，那它是從什麼時候不是的？

生活是一腔哽咽的啞語。

活得明白是件好事嗎？

〈活著的辦法〉

做一個庸俗的人
吃飯、睡覺、偶爾大笑
悲傷的時候就盡情胡鬧
不要去思考人類的渺小

嚮往自由，嚮往美好
有一些抵達明天的目標
相信自己的生命很重要
夏天看海，冬天發呆
有人來，就去愛和善待
讓神去主宰生活的存在

哪能去定義「活得明白」這件事？

做一個庸俗的人
不要渴望崩壞
不要墜得太快
不要擅自離開

這或許就是為什麼
大家都說不要想太多
的原因嗎？

• 有陣子流行這樣的時間遊戲：
  你願意做痛苦的蘇格拉底還是快樂的豬？

我到現在都沒能選出來⋯

可以的話為什麼哲學家都⋯⋯

他們會忌妒豬嗎？
還是在他們眼中
根本沒有快樂和痛苦
的概念呢？

真的有人可以既清醒又快樂嗎？

無知的人比較快樂？

人會思考所以才會
痛苦不是嗎？

生活是甘願庸俗和糊塗。

什麼束縛著你？

生活有很多高牆，可能是家庭、貧窮，又可能是地域、病毒、出生、社會、政治，更可能是愛、是恨、是罪惡感。有時候困住自己的理由可以很簡單，不需要生意失敗、感情崩裂、成績墊底，不需要偉大堂皇的藉口，可以是一句傻話、一場暴雨、一夜無眠、一則留言、一個約定，或者只是眼前的一餐還沒吃完。

我不喜歡吃飯。

在我的眼中，是山珍海味還是粗茶淡飯根本無所謂，再漂亮的美食都不過只是上了色的餿飯，碗裡的東西都讓人噁心。和朋友同事家人吃飯時，我會適當地假裝人類，咀嚼面前的食物，感受甜酸苦辣，像個有血有肉的人。每次大家都會幫好看的美食拍照，我其實不太能理解，因為我身體裡並沒有這種本能和欲望。食物不能成為我生活的紀念，它們只能讓我多活一天。

假裝人類，把自己修剪成人類的樣子。

今天我也這樣子,
老是三點的還沒吃完我的晚餐,
身體充滿痛和掙扎,可是我沒有理會,
飯菜都涼了,變成一坨暗藍色的碑泥。

自己一個人的時候,我會把一份外賣分成三餐來吃,不想當個沒良心的人,所以我每天都告誡自己不能浪費食物,要把面前的東西吃完。大家都這麼活過來的,你也不例外,我跟自己說。偶爾會有心情不錯的日子,能夠一口氣吃完,我就會感到慶幸,今天是更加像人類的一天呢。

我常常在想,人為什麼要吃飯呢?人為什麼不能像是手機那樣用電線充電就能運行呢?為什麼同樣的東西在大家的眼前和在我的眼前看起來不一樣呢?為什麼我會變成這樣子呢?為什麼?為什麼我沒辦法感受到飢餓和飽腹,我只覺得索然無味?

從什麼時候開始出了錯呢,我開始回想,我從來沒有想要減肥和節食,依稀還記得高中的時候因為吃很多而被同學取了一個叫「大胃王」的綽號,直到大學為止,我都被人說過吃相有福氣。到底是哪裡出了問題,身體喪失了最基本的求生本能呢?很諷刺,原來所有的東西都要歸還。

三個小時了，我的晚餐放在我面前，已經深夜了，一切都荒涼了，包括食物，我還沒吃完。我被困在了這裡，明明有許多的事情等著我做，可是我還沒吃完。不吃東西的身體沒辦法啟動，我會頭痛、身體會發疼，我沒辦法書寫什麼，大腦需要養分，不吃飯的人不能思考，不思考我就沒有存活的意義。

啃食，啃食自己。

好奇怪，原來人可以處於這種半死不活的狀態。你沒辦法不活，也沒辦法活。你沒辦法不要，但你也沒辦法要。

生命在束縛著我，我無法逃離。

你沒辦法吃，也沒辦法不吃，
你沒辦法去愛，也沒辦法不愛，
你沒辦法睡，也沒辦法不睡，
你死但死不了，你活也活不了。

不要因為你自己沒有胃口而去責備你的食物。

Do not blame your food because you have no appetite.

泰戈爾《飛鳥集》

生活是被折斷的翅翼。

有什麼話不能直說？

「我不想存在。」

我不想身體健康，我不想知足常樂，
我不想向誰交代我的存在，
人間的一切紛爭都可笑極了，
我想逃離，
我想擺脫所有束縛和規則，
可是我越這麼做，就越浮現，
可笑的是自己。

「若使人毀滅，自己也願意的那種。」
「我是，就是不想被撲留。」
「我也是第一次做女人，的多包涵吧。」
「其實你根本沒那麼重要。」
「你不是想死，你只是不想這麼活。」
「不會有更好的世界了。」
「你為什麼橡皮擦無處合卻覺得累?」
「你還不夠句絕筆。」

生活是省略號。

一切皆有代價，對嗎？

過年的時候，第三年沒回家了。室友上班，我獨自（和兩隻貓貓宇宙、九月）坐在窗前，到處都在放煙火，家家戶戶燈火聲色，非常喧譁。我不在任何地方，我不屬於這一座熱鬧安詳的城市，我沒辦法深入這些人間淺嘗輒止的生活中，這個世界是對的，格格不入的是我。長期在異鄉生活，這一些似乎都見怪不怪，無所謂孤獨不孤獨，世界本來就這樣運轉，我也無須糾結，挺好的，每一種生活都有代價。我不悲傷，或者說，我能接受這樣的悲傷。別種生活會有別種生活的悲傷，沒有人例外。

我沒有歸屬感，不管是對於自己的家鄉還是對於現在居住的城市，我從來都不覺得自己身在其中。無論是學校裡還是社會中，我從來沒有為了什麼團隊而拚過命，我很少看運動比賽，大家都在為奧運選手瘋狂打氣的時候，我不知道人們為什麼會義不容辭地把自己歸類於某些種族、立

所以我很不喜歡人們平日問我：「你是哪裡人？」
一個人來自哪裡，真的有那麼重要嗎？
人為什麼總急著要把自己分類？我們又不是「東西」。

> 我不懂為
> 不認識火的歷史
> 但我想我的孤獨應該有翅膀
> 《阿萊杭德娜．皮扎尼克《夜的命名術》》

場、信仰，心甘情願地把自己歸納進其中。人們自願容入這個樊籠之中，並甘之如飴地為其驕傲，真好，這種臣服於什麼的感覺。

> 我甚至不會想家，我不覺得自己屬於哪裡，

有人問我：「你這麼久在外面生活，不會想家嗎？」

我說：「還可以吧，也不是特別想回去。」

「那你想去哪裡？」

「不知道啊，走到哪就去哪吧。」

我記得大學病得很嚴重的那一段時間，我總是跟表妹抱怨著我沒有歸宿的生活。我在韓國留學的那段時間，跟當時的男朋友異地戀，我在台北的行李都寄放在他家，期間多次分分合合，鬧得不是很愉快。每次我想到分離，最讓我難受的，不是失去某一些人，而是我再也沒有可以去的地方了。這麼想，我真的是個很自私的人。我跟表妹說我已

經受夠了這種到處飄泊終日無法安身於某處的生活。表妹嘆一嘆氣，她的生活很多來自於現實的約束，所以她沒有辦法逃離和出走，她平靜地跟我說，你知道嗎，這就是自由的代價。

所有東西都是暫時的，身邊的一切都是暫時的，你只是經過它們。你深知自己不會停下來，一切關係、一切喜惡、人際關係、社交、學校，有一天都會結束。而它們也知道你是暫時的，你將這樣久久地飄泊，找不到歸屬。
大人世界的體貼就是，大家都心知肚明，自己不過是世界的一隅風景，這麼渺小，這麼微不足道。
沒有一個人真正地留在你身邊，這就是出走的代價。

我和他的結束，沒有深刻的長亭古道，只有在他說分手的時候，我說好。

為什麼我什麼都說好？

不拒絕說分開的人可能更加殘忍。
我以為的體貼，實際上是逼著他說分開的行動。

我從來沒有說過任何分開的話，也有可能是我用沉默表達
了這樣的想法也說不定。我們反反覆覆的離別，都是他說
的，他說分開，我說好。第二天他回來了，我也說好。我
在心裡默默定下了一個數字，從來沒有告訴過他，就是這
樣，來到了我心中預設的最後一次，他仍然不自知，那一
次他說分手的時候，我說好。那是我最後一句跟他說的
話，就是這麼簡單，沒有任何推搡和拉扯。我把他留在昨
天了，沒有人能回去的昨天。

我們誰都沒有屈服，誰都沒有認輸。我們都有各自的驕
傲。這樣的驕傲是有代價的，於是世上再也沒有我們。

某一天，我們騰出了時間。

任何事情都有代價，包括愛。

你再也不會遇到像我一樣的人，親愛的，失去我，就是愛
的代價。

每個路口都有一個販子，收過路費的，他們以此為生，像死神和簽神一樣而存在，如果你想要經過一條路，你就要付費。他們什麼都收，比如時間、壽命、健康、愛或恨，只要你能給他們都收，只有一個條件，就是你無法拿回來。

我又睡得更差了，每當我覺得「我不能再跌到更底了吧」的時候，我總是可以讓自己意外，我還可以再墜，還可以墜得更深。除去自己是失眠患者的原因，還有一點是因為自己寫的劇本故事是懸疑題材的。倒不是說我害怕血腥或者恐怖故事，我不害怕這些，我害怕的是自己對它們感到麻木。這一兩年幾乎每天都在搜尋跟殺人案件有關的資料和犯罪心理學，我的夢裡沒有夢中情人，卻常常夢見自己以各種各樣的方式死去。我在夢裡經歷恐怖故事，吃了安眠藥後睡著的自己，沒有一天的意識是關機的，我連作夢也都在凌亂地思考著，然後它們同時也成了我的靈感，我會為我能寫出奇妙的故事而感到滿足。

你看，給出了一些代價，得到一些收穫，人間很不公平，又很公平。

任何事情都有代價，無論如何總會回到自己身上。太多代價，我們的一生太多的代價。

這個問題是2019年解利亞的演唱會
主打天書的舞台背景上的一句話，
↑ 我時常用來問自己。

「為了那些不能放棄的我們究竟放棄了什麼？」
「自己。」
↓
這是我的回答。

販子說：「歡迎再來。」
只是我已經沒東西可以借了。

生活是得與捨各得其所。

死亡是什麼？

去年夏天短暫地去墾丁三天兩夜旅行。

回到龍磐大草原看星河，彷彿又回到了二〇一八年夏，和家人一起來墾丁玩耍。那一年夏天我在銀河下流過的眼淚，仍然濕濡我後來的夏天。我仍然時常想起那樣的自己，覺得一切充滿意義的自己，或許也想念那樣的世界，可以隨意飄流的世界，可以不戴口罩的世界。我已經幾年沒回家了，幾年沒有見到家人。你知道嗎，世間一切都正在疏離和消亡之中。

風過星雲，星星也在死亡中。

連銀河也會死去，更何況軟弱的我們。

死亡只是一個過程。

每天活過一點點，每天就死去一點點。

大家常常覺得生和死是對立面，其實不是的，兩者並不對立，它們同時存在於我們的生命中，我們從未逃離生，同樣地，我們也從未逃離死。

我們從未真正經歷死亡，但死亡卻遍佈我們生命。

失去一點點，就是死去一點點，
放棄一點點，又是死去一點點，
老去了一點點，又死去了一點點，
這些一點一點，卻構成了生命，
我們就是被這些「死去」的碎片而組成的。

有人為了愛而生，有人為了愛而犧牲，有人在活著時感覺
自己死去，有人在死去時感覺自己活著。生存並不能阻止
死亡，死亡也不能阻止生存。兩者並不會抵消彼此，生死
成全了彼此。

讓我生的事物也讓我死。

那些使我快樂的事物也會使我痛苦，這是無可避免的事。

讀到一本有關遺願清單的書，作者鼓勵想死的人去列出自
己的遺願清單。對一個垂死的人，列出遺願不是為了減少
遺憾，而是為了迴避死亡。當我們的遺願清單越長，就需
要花越多的時間完成，死亡居然延續了生命，很奇怪吧，
有時候我們談論死亡，並不是因為討厭活著。

讓我死的一切也讓我活。

我抵抗，也抵死。
活過的那些，如今都死去，死去的一切又使我活。

生活是未結的死亡。

失去是什麼感覺？

以前我覺得失去跟破碎的過程很像，都是再也回不去了。就像是被撕爛了的紙，無論如何都無法重生，再用多少的膠帶去拼貼和修補，始終都無法如初，我該怎麼拯救這一口枯井。後來我又覺得失去是燈一點一點熄滅的過程，慢慢冷卻，慢慢滲透進黑暗裡，沒有大張旗鼓的摧殘，夜闌更深，我只是不知道下一次什麼時候才有足夠的力氣開燈，不知道這場蕭疏會持續到什麼時候。現在的我覺得失去就像下雨一樣，又濕又冷，暴雨帶走了一切，曾經的盼望、嚮往、夢想、難忘，一切都在暴風雨中狠狠地落下，沒有任何事物生還下來，我死了一遍又一遍。

然後落下的雨水或者淚水，總有一天會以未曾想像的方式回到自己身上。

是嗎，是嗎。

我知道我還要失去更多，
這是活著的宿命，是嗎？

我曾聽說，可以失去的都不能說是遺憾，
因為只有得到過才可以失去，既然得到
過又談何遺憾？可是啊……
有時候人甚至可以失去自己從未擁有的東西。

沒有人可以從容地面對失去。

在失去面前，我們都一樣狼狽，所有雲淡風輕都不過是泛
泛而談，我們都只是假裝自己很從容，照樣吃飯、睡覺、
過日子，假裝一切從未發生，假裝一切可以若無其事地重
置。其實我們都知道，沒有辦法的。
每次失去都像是割下一部分的自己，怎麼可能不疼呢。

還痛還是不夠痛呢？如果痛夠了，是不是就能往前走呢？
我問自己。

我只能不斷地想起，反反覆覆，想起有的時候，想起沒有
的時候，再把自己撕得更碎一些，讓來自過往的傷心任意
掌摑自己，讓自己在陷入風雨相困中，不停地溺沉，直到
失去了掙扎的力氣，直到身體開始放棄了在海裡呼吸，直

沒有疼痛都不算失去。

痛和更痛誰會贏了永遠都是更痛。
沒關係，我只要找到更痛就可以取代這次失去的痛了。

到一切失了聲息。疼痛是可以比較的，痛到極致就會清
醒。為了讓自己快點清醒，我只能這樣殘忍地把自己丟進
屍橫遍野的荒野中，等待自己絕處逢生。

我知道最後我只能接受。人總要學會面對求而不得。回不
來的東西，就該放棄。人心是有慣性的，長期的痛楚會讓
人麻木，只要熬到麻木的時候，我就能和從前說再見了。

「我要離開你，如果不行，我就離開我自己。」

失去是一種重塑。將自己的一部分融解，過程極度殘忍和
痛苦，不是所有人都能熬得過去。但一旦成功撐過這些失
去的時刻，它們將會以一種新的方式回溯自己的生命中，
然後重生，變得與從前有點不一樣。

於是我在你看不見的地方打碎了所有自己。

• 如何更加從容地面對失去？
  心情良一點占。

失去，大概就是埋葬過去的自己吧。

每個人心裡都有一座墓園，
裡面有數箇不壹的自己的屍體，
埋葬他們的是我，悼念他們的也是我。
我當然在上一個我死去的時候跟表妹說，
你一定要知道我為什麼會變成現在這個樣子，
我殺死了太多自己了。如果你看過我心中的
墓地，你就能原諒現在的我。
哀悼吧…哀悼死去的自己吧。

生命是什麼？

每個人的心裡都有一條河，直到河水都竭涸。

每天燕筷一點點的

愛倫坡有首很令我深刻的詩〈烏鴉〉
整首作品很長，講述一名失去
愛人的男人遇見一隻只會回答「永不復焉」
這句話的烏鴉。

The Raven.

Nevermore,
Nevermore!

我覺得這就是生命，所有的經歷、失望
和慾望，卻生或衰亡，都將永不復焉，
再也不會來過，nevermore，nothing more，
沒有更多或更少，只有不再。

烏鴉啊，為什麼人要出生到這個世界？
永不復焉。
烏鴉啊，為什麼這個世界會是如此？
永不復焉。
烏鴉啊，為什麼人的生命和愛這麼脆弱？
永不復焉。

生活是孜孜不倦地蒸發。

自由是什麼？

我們的生活充滿了對於自由的幻想。所以從小到大，所謂人生的成功，都跟實現自由有關，思想自由、財務自由、言論自由、宗教自由等。我看過一個很可愛的說法，叫做實現「櫻桃自由」，是現代人其中一個財務自由的基準，可以在想吃櫻桃的時候買櫻桃。

我們成長的過程也是一個逐漸實現自由和掙脫規則的過程，慢慢地脫離學校、脫離父母、脫離國家。好想可以再自由一點，想要什麼就要什麼，想做什麼就做什麼，想說什麼就說什麼，無拘無束，心無罣礙。

喝茶自由、
吃飯自由、
旅行自由、
遊戲自由、
任何你想到的詞後面都可以加上自由二字.

小時候喜歡吃糖，朋友贈的那顆糖被我珍重地捧在手心，我曾經發誓長大後要造一間糖果屋。再大一點，開始追星，可是自己並沒有那麼多零用錢，節吃省喝三個月，只為了買偶像的一張舊專輯。那張專輯，就是我那一年的光。高中第一次和誰相愛，大人一句讀書不要談戀愛，輕

據說，死亡，孤獨、自由、意義
是人類4大終極問題。

易地把我的心撕開。十年之後，父母問我有沒有男朋友，
我搖頭，他們說女孩子就要穿得端正、早點回家、找個人
談戀愛。四海八荒，我以為已經能夠融入某個城市，可是
別人的目光永遠都在訴說著他們骨子裡的歸屬感，而自己
永遠只是過客。成為自由工作者，遠近相安，孤孤單單，
與自己作伴，可是創作者就是與世界的規則有關。
去更大的世界，然後見到更高的牆垣。

Celia Thaxter《島上花園》
自由的代價是永遠警惕。

「我想自由。」
「那裡可能什麼都沒有。」

我開始覺得真正的自由並不存在。
自由可能只不過是一枕槐安，因為世界不可能沒有規則，
無論如何當我們越過一個限制，抵達了新的階段、新的位
置時，就會有新的限制、新的框架。只要存活著就要遵守

法律，默認美好和正義的品質，承認歷史，承認無知，相信科學的定律，流落於人海，安身於宇宙，臣服於時間和大地。

如果這些都消失，那我在世界上，還擁有什麼，還渴望什麼，還有什麼夢可做。

我想，完全自由的世界應該很荒漠吧。

每走一步，就看見新的路，有路，就會有束縛。

一直把盧梭一句很經典的話記在心上，他在《一個孤獨的散步者的夢》中寫到：「我從不認為人的自由在於想做什麼就做什麼，而是在於想不做什麼就不做什麼。」是啊，既然真正的自由並不存在，我就努力去實現能力範圍內的自由，實現一些櫻桃自由（笑），實現一些說「不」的自由，實現拒絕的自由。腳踏實地，蚍蜉撼大樹，雖不自量，但不自限。

蚍蜉撼大樹，可笑不自量。
韓愈〈調張籍〉

一個人只能掌握得了其內心的自由。
史蒂芬·褚威格以其優雅的智慧說道。

想到這裡，我就不覺得這是一件悲傷的事，我要做的，只是打破現在的不自由，以後的不自由，交給以後再想。

如果真的要給自由一個定義的話，那大概是心的自由吧。不是空間上的自由，是去做個不被任何意義、觀念、想法、地域、性別、種族、關係束縛的人。想像，然後再想像，接受其他事物和思想的存在，心存大海，春暖花開，我的所思所想，我的喜怒哀樂，我心上的平原永遠沒有盡頭。

我從來不相信什麼懶懶散散的自由。我嚮往的自由是透過勤奮和努力實現的更廣闊的人生，那樣的自由才珍貴、有價值；我相信一萬小時的定律。我從來不相信天上掉餡餅的靈感和坐等的成就。
做自律的人，靠勢必實現的決心認真地活著。

山本耀司

生活是心的自由。

什麼是永遠？

永遠，是一種祈願。

我們總是這樣說著：「我永遠愛著⋯⋯」、「我永遠記得⋯⋯」、「永遠年輕，永遠熱淚盈眶」，或許也對誰說過「永遠討厭你」、「永遠不會原諒你」，可能祈禱的時候說過「直到永遠，阿們」，也曾把「永遠愛自己」寫進目標裡。結果所有這些關於永遠的諾言都是一種願望，都是一種「我希望」，而不是「我能做到」。

有生之年我們大概無法目睹永遠吧，無論我們如何努力，永遠依舊不會來。永遠太遠了，我們好像一輩子都等不到，等不到那些被稱為永遠的晨曦。我想這個詞並不代表時間的永恆，不代表浮生的長遠，恆河沙數，不可計量。我們每個人對於永遠的定義都不一樣，對一些人來說，永遠也許就像是兩小時的電影，兩個小時就意味著永遠。也有時候，永遠不過是一瞬纏絡的目光。

所以，當我願意說出永遠的時候，就代表著，我知道「永

永遠並不存在，它只是一個程度副詞。

遠」它不會來，可是我仍然願意穿越所有不可能，給你一
個祈願。

永遠愛你，永遠愛過你。

就像傷痕，哪怕結痂，它也會永遠存在在那裡；哪怕有一
天你已經得到了一句「對不起」，它也不會消失；哪怕你
已經忘記，它也會變成你的影子，影響著你無意識的一舉
一動。就像童年，你花再多的時間也抹去不了當時得到的
和未能得到的，當時壓抑的和螫痛的，都會響徹你的一
生。就像我愛過的人，給過你的和你帶走的，都成為了永
遠，變成了我的一部分。

永遠存在的，最終，不是指以後，而是以前。

—— 已經發生過的，
再也沒發生過。

我愛過的人都已墜入我的靈魂。

你已經變成我靈魂的一部分，
從此我再不能與它分離。

生活是永遠的昨天。

愛自己的定義是什麼？

以前想了很多很多事情。

比如要做什麼偉大的事才算是愛自己？

是把時間花在自己身上嗎？

接受自己所有的缺點嗎？

要快樂到什麼程度才算是愛自己？

身不由己的人能同時愛自己嗎？　　　　*你想要什麼？*
你真的想要的是什麼？
自由算不算是愛自己？

待人如己的人也可以愛自己嗎？

善良有辦法兼容自我嗎？

勇敢等不等於愛自己？

愛付出的人難道不能同時愛自己嗎？

怎麼樣才是對自己好？

一個人可以一邊愛自己一邊感受痛苦嗎？

充滿缺憾的人可以學會愛自己嗎？

我不夠好，我可不可以愛自己？

成為自己和愛自己有區別嗎？

為了什麼而活?
這個 ___ 不是自己就不算愛自己嗎?

我常常會問自己這些問題，這是一個個人主義的時代，大家都說要做自己，成為自己，卻又同時泯然於眾人之中，迷茫著，踟躕著，一邊無法甘心地獻身於社會，一邊無法純粹地自我為上。

自愛，不等於，自私。　　顧及自己的利益,
無私，不等於，無我。　　不讓自己受傷, 不是自私.

愛自己不一定要排斥對其他人好。同時投身於世界之中不一定要犧牲自我，兩者絕對是對立面，我們可以既愛世界，又愛自己。

我們就是世界的齒輪，意思可以理解為我們是世界的零件，也可以理解為，為了讓明天的世界好一點，我決定先愛好自己。

失去自我, 失去力量, 失去前行的方向.
不斷耗盡自己去成就他人, 看看毛不是
對世界和他人, 是「偉大的犧牲」,
實際上你讓自己萎靡, 越來越討厭
生活, 越來越不願意投入世界之中, 長遠
來說你既沒愛世界也沒愛自己, 什麼都沒成就.

愛自己是浪漫終身的開始.
To love oneself is the beginning of a life-long-romance.

按自己喜歡的方式去生活不是自私. 王爾德《莎樂美》
要求別人按喜歡的方式去活才叫自私.

Selfishness is not living as one wishes to live,
it is asking others to live as one wishes to live.

我覺得最終愛自己的定義，是為自己做選擇。

比如說，很多時候，我們看到一個常常付出的人，會覺得
那人很可憐，但是我們沒有想到，有人喜歡成為一直付出
的角色。給予也是一種快樂，不是他人強迫的犧牲，而是
自己的退步，自己決定的付出，這也是愛自己的一種，因
為那人正在為自己做選擇，選擇自己願意做的事。

愛自己，不是無條件地快樂、縱容、自私，而是依自己的
意願去選擇，並且有承擔責任的能力。

可以這樣，也可以那樣；可以不做，也可以做；可以有，
也可以沒有。對自己好一點的方法就在這裡，容許自己，
解放自己，這樣才能成為引以為傲的自己。

接受自己 不等於 喜歡自己

在寫這本書的時候，要用到自己的手寫字，
於是花了很多時間來臨時搶救懶於練字的自己。
很多筆記寫了很多遍都不滿意，到了這頁仍然如此。
重寫了很多遍，終於受不了自己自暴自棄的字，於是在家裡
大喊：「我寫字怎麼可以這麼醜！！？」剛好發瘋的自己
被男友看見，他見怪不怪，冷不防地回應：「反正你做
什麼自己都不會滿意。」我恍然大悟，真的耶，我似乎
從未滿意自己做的任何事，出書也好，研究所也好，生
活中的大小事只要由我出發，我都不會真正地滿意。
我並不喜歡自己，方方面面，偶爾稍有滿意之處卻又
很快打破滿意的心情，然後設更嚴格的標準。如果
從這個角度來看，我並不愛自己。對吧？事實上我不
喜歡這個不喜歡自己的自己，我覺得我現在這樣
很好，沒必要強迫自己去喜歡自己的全部，不夠滿
意就不夠滿意，所以我才會更努力去生活。
我接受這樣的自己，這樣才是愛自己。

生活是長途跋涉的自癒。

時 間 是 什 麼 ？

其實這個問題很早就想問了，但是過了幾個月，我仍然沒想到合適的回答。今天的我依然很難準確地說時間到底是什麼，那就想說，回答不一定要合適，就當作是紀念這個時期的自己。

小時候，大人們總是跟我說：「等你長大了就會懂了。」我以前常常在想，怎麼樣才算是長大，是不是在我身上還沒有足夠多時間的累積，所以我還不能算是「長大」了的人。那時的我，以為的時間的累積，就是年紀，日復一日，年復一年，時間沉澱成為歲月，我被生活灌溉，發芽、滋長、盛開和腐壞。年紀就是時間，時間的作用讓我成為大人。

然而在成長的過程中，我發現時間並不是年紀，不是到了一定的年紀我就會懂得什麼事，也不是還沒到什麼年紀，我就永遠無法懂什麼事。年紀不是時間，時間是比年紀還要虛幻的東西，這也是為什麼有些人很年輕，可是心損壞

更早十的德國科學家古利爾庫斯寫過一本謎語
的書，其中有一題很有趣：
「處處相同又無處相同的東西是什麼？」「時間。」

的程度並非肉眼所見，成長的速度也不是用言詞就可以概括的。時間在一個人身上的作用，並不等同，所以衰老不是公式化的事。時間不是肉眼可見的事物，在我身上痛苦的一天，和他人身上快樂的一天，不盡然相同。

曾經我覺得時間很殘忍，帶走了許多我們稱之為絢爛的景色，青春、愛情、身體，這些都會被時間剖開和撕碎，留下來的可能只是頹敗的我們；可是時間同樣也有溫柔的一面，它讓我和誰錯過，又讓我和誰相遇，讓我受苦，又讓我逐漸忘了苦，讓我沉溺，同時也讓我清醒。所以想到這裡，我就知道，時間不只肉眼不可見，時間更不能量度，時間可以是殘酷，但也許在某一個人的身上可以是安然和幸福。時間從不偏頗任何人，時間是比任何事物都更加冷靜、漠然和無休止。

時間既是出題者，也是答題者，
既是詮釋者，也是揭露者，
既是觀察者，也是主宰者。

我的終日瘋凍結了我的冬天。

去年年底我寫了一句這樣的話:「我不相信時間,不相信
關於永遠的祈願。」

整個冬天,不過苦冬,時間並沒有在我身上發揮稀釋的作
用,哪怕時間已經從我身上輾壓過去,我仍然凝滯在某一
塊,無法往前走。於是我反反覆覆地糾結於兩年前曾經糾
結的事,陷進一樣的坑洞裡,一樣的頹唐,一樣的荒蕪。
時間真的有用嗎。如果真的有,那我應該就已經離從前很
遠很遠了。

研究所的劇本停頓了很久,久到我重新打開文件檔案的
時候,我竟然已經不記得男主角和女主角的故事設定,
我也記不起當初構思這個故事時,我激動得睡不著的晚
上(雖然平常也睡不著但是原因不一樣)。那不過只是
一年前,人類的忘性如此的強。還是說,這才是時間真
正的樣子呢。

很長的一段時間裡,我覺得我已經失去了寫故事的能力,
一部分是沒法寫好我的劇本,讓這麼多年來我喜歡寫故事

的熱忱變得很可笑；一方面是自負心，覺得身為作家的自己應該要寫得很好，但實際上，我沒有辦法完成，或者說我沒有能力完成。最可怕的一直不是別人否定你，而是你打從心底否定了自己。於是這樣子拖了幾個月的時間，而我見證自己從信心滿滿，到自我否定，到無能為力，到半途而廢，到自暴自棄。爬上山坡耗盡半生的力氣，但其實墜落只是一瞬間的事，我聽見什麼碎掉的聲音。

是一場苦冬，整個冬天我都在冬眠，誰也沒看見這場隱秘的戰爭。我才發現，我的無情，一直不是對別人的，而是對我自己。

久違收到老師催促交劇本的訊息，我發了一天的呆，不知道如何回答，寫了一封很長的信交代我糟糕的狀況。沒錯，準確在一年前，我也做過一模一樣的事情，所以一年過去了，我一樣腐爛。

世上不存在心裏好得的解藥，
或許我摸最清楚這是個無的的人。

- 世上有巧合嗎？
劇本中寫到很多案件，當然涉及許多犯罪心理學
和法律知識，這些都需要累積，需要時間。

直到年間我把故事的大綱打開，看著那些雜亂的靈感，我
把自己的故事推翻了，重新來過，加了一些新的人物，改
了一些設定。我感覺自己好像突然間就可以寫了，起初我
以為這是命運使然，其後覺得是巧合，後來才明白，原來
這是時間的作用。

大半年疑惑的時間，大半年的頹廢和消極，它不僅僅只是
揮霍，更多的是我在這些時間裡、這些生活裡的累積。我
比去年多看了一些故事，比去年的想法多了一些，生活裡
多經歷了一些，我在走走停停的生活裡又成長了一些，挫
折了一些，痛苦了一些。雖然這些時間並不總是明亮，反
而更多的是荒涼，那我也比去年此時的自己懂得更多生活
的荒涼。

書寫是需要經歷的，經歷是需要時間的。

相信時間，不是指相信時間擁有療癒的能力，而是指相信
時間也有頹唐的一面。

最神奇的是，其中有一個案件關於青少年犯罪，我起初都毫無頭緒，剛好那時有一部新的韓劇《少年法庭》播出，我從中學習到新的知識，這一切是巧合嗎？

很久很久以前寫過一句這樣的話：「時間也許不是答案，但答案就在時間裡。」講的不是花了時間就理所當然能得到答案。時間不治癒，也不給予，時間不會偏頗誰，時間也不眷顧誰，時間不是路本身，時間只負責給予你經歷的機會。如果你想要路，你就得花時間去尋找，花時間去走，哪怕到處都是荒野，你仍要給出時間去跨越荒野。

所以你可以怪罪時間，恨它的無情，讓一切都過期，可是它不會回答，它永遠不會給你解答。

時間不是路，但它給予你機會去尋找路。

時間不是藥，但它給予你機會去尋找藥。

時間唯一會做的，就是讓你自己去找。

讓你經歷，讓你徘徊，讓你猶豫，讓你努力，讓你揮霍，讓你安排，讓你紀念，讓你虛度。一切的一切，它都讓你去做，所以時間是生命，生命是生活，生活就是我本身。

什麼是時光？　｜阿多尼斯《我的孤獨是一座花園》｜
我們閉上了衣眼，
卻再也睜不下來。

時間構成了我的生命。

講了很多時間的無屬性和偉大，我想寫一個關於時間很浪漫的地方。

我們就是時間，也就是說，當我願意把時間給你，我就是願意把自己給你。

時間，既是萬變，也是想念。

很喜歡這四個字：行遠自邇

意指走遠路要從近處開始，做事要循序漸進，
想要登上山頂，你就要先從低處爬起。

走任何一條路，都需要時間，沒有例外。
建立和摧毀，記得和遺忘都需要時間。

生活是時間的無際無邊。

什麼不會過期？

作為長年飄泊在外的異鄉人，蒐集什麼是件很奢侈的事，所以我們最終會向便利屈服，把一切都寄存於雲端。或許是我們都默認，機器比人類更聽話，起碼沒那麼容易背叛自己。

在寫這本書的時候，需要寫到一個關於離別的場景，我翻閱了手機裡所有的照片和對話紀錄，才突然想起自己前兩年重置過手機，一切都被刪除了。然後我去找我表妹，我以前總是動不動就找她聊天，希望藉此可以找到什麼蛛絲馬跡，拼湊從前，可是上面寫著「已過期」三個字，什麼都沒有留下，一切都不可挽回地被磨滅。

我喜歡收藏票根，把它們都夾在一本名為回憶的手帳本裡。票根都是熱感紙，上面的字體會隨著時間緩緩消失，記憶也是，什麼都沒活下來，除了此刻的我。

曾經很喜歡來日可期這四個字，現在才知道可期也意味著

有期，萬物有期，所有事都有屬於自己的期限。

看著一切褪色，就是老去的感覺。

會生的一切都會死，

所以人間出現了保質期和賣味期限，

在一切事情過期前，去感受，去嘗。

孩子問：「媽媽，媽媽的媽媽去哪裡了？」

媽媽答：「她在人間的賣味期過了，所以離開了人間。」

孩子問：「那你也會離開嗎？」

媽媽答：「是的，世界的一切都有期限。」

孩子問：「愛也是嗎？」

媽媽答：「是的，尤其是愛。」

生活是一場祭典，而我就是祭品。

過去、現在、未來，
哪一個最重要？

有的人一直活在過去，覺得過去了的時光才是最美好的願
景，而後的日子，將用一生來紀念閃閃發亮的過去。

有的人覺得現在最重要，現在的每分每秒，都在於自己的
選擇，這個選擇影響著未來，也會成為自己過去的一部分。

有的人為未來而活，對明天有著期待，為了遙遠而理想的
未來，甘願放棄現在的時光。

以前我覺得過去比較重要，因為它是我活過的證據，後來
因為吃了很多藥而造成記憶力下降，我發現我根本記不住
所有我曾經深刻的人事物。

任何事情都在過去的記憶裡鍍了金邊，比起它真實的美
好，更多的是我們賦予它的意義和濾鏡，但如果我已經想
不起來，過去的意義就會隨著記憶的消逝而變得模糊，如
果我只看著模糊的過去，我就只能成為一名自己的故人。

所謂的「延遲滿足」真的存在嗎？
你確定你現在認為的滿足，未來的你不會變得滿足嗎？

再長大一點覺得未來更重要，想了很多要去實現的理想生
活和目標，覺得擁有期待是人生最重要的事情。所謂的延
遲滿足，即是以閃亮的未來為基準去努力的，犧牲人生目
前的時間，把一切寄囑在遙遠的未來裡。這樣很好，很有
規劃，只要足夠堅定，就能得到穩定且滿意的一輩子。可
是最諷刺的是，人需要即時的滿足，哪怕只是一點點，如
果沒能品嘗到來自未來的一絲美好的話，很容易會搖擺不
定，既失去了現在，又得不到想要的未來。同時許多無可
預測的因素，比如疫情或現實的變遷，會讓自己猶豫不
決，因此對未來感到失望，不如預期的情況常常使自己意
志消沉。

世間萬變，要怎麼跟上世界的變化，是每天都需要面對
的事。 遙遠使人卻步，偉大使人渺小。

後來我明白到過去、現在、未來同時存在。

無論昨天是精采還是暗淡，無論明天是閃亮還是慌亂，我擁有的就是現在。此時此刻，不為了過去的自己，也不為了未來的自己。我就在這裡，沒有更好也沒有更壞，沒有偶然也沒有幸然。我正握著什麼，正看著什麼，正缺著什麼，正愛著什麼，正歡欣著什麼，正苦愁著什麼。目光所及之處，就是活著。

不必對昨天耿耿於懷，儘管現在的花香浮華，未盡事宜就是留給未來的懸念。

如果我否定任何一個，就等於否定我的生命。

今天的我仍呼吸著，這才是最重要的事。

一
過去的時間與現在的時間
二者也許皆包涵於未來的時間裡，
未來的時間又包含在過去的時間之中。
假若全部的時間永遠存在
全部時間就再也都無法挽回。

二
只有通過時間才能征服時間。

三
但是世界仍懷著渴望
在過去的時間和未來的時間的
許多路上前進。

五
迅疾的現在，這裡，現在，永遠——
荒唐可笑的是那虛廢的悲哀的時間
伸展在這之前和之後

　　　　　　　艾略特《燒燬的諾頓》節錄

生活是現在進行式。

你相信宿命嗎?

〈宿命〉

雪說

我沒有出口

沒有逃離自己的理由

就像在世界的盡頭

你再也不能往前走

有些人

心臟有很多上了鎖的門

學會了殘忍

學會了失真

在荒野裡死裡逃生

有時候冷漠

只是為了閃躲更多的難過

不小心把愛

變成沉重的枷鎖

雪說

我想遇見一盞燈

想遇見一個

願意擁抱寒冷的靈魂

不會寫詩，

可能是因為我的心事

都太過殘酷了。

幾個月前，參與了詩生活的小小小詩集計畫，與很多厲害的詩人和作家一起寫詩。

當時把小詩的題目定為〈宿命〉，主要的內容就是寫一個冷漠的人就註定過冷漠的一生嗎之類的主旨，現在回想起

當不成詩人就當「捕詩者」

↓

捕捉生活中充滿詩性的語句

來，自己還真是一個很悲觀的人，人類真的有所謂的宿命
嗎？真的有無論怎麼努力都無法成就的事情嗎？

我不是很專業，所以做了一些關於宿命論和決定論的功
課。有人說兩者是對立的也有人說兩者是演化關係，簡單
而言宿命論主張一切都是註定的，該發生的就會發生，也
就是所謂的命運，誰也沒辦法可以扭轉；決定論是認為一
切都是因果關係，有了因才會有果；還有一種是非決定
論，認為人是有自由意志的，不是所有的因都會造成一樣
的果，而是隨著人的想法而改變；總之最後的關鍵還是在
於自由意志。

想起去年看《洛基》的時候，他發現整個世界是一個巨型
馬戲團，所有人都按該有的劇本行事。這裡我認為是宿命
論的角度，一切都是註定的，什麼時候遇見什麼人，什麼
時候世界陷入戰爭和疫情，一切都看似一個「劇本」按部

又回到那個問題，什麼是自由？

就班地發生，而主角洛基就想要抵抗這種宿命，他想要按照自己的想法行事，最終也遇到重重困難。自由意志看似每個人都有，好像我們做什麼事都是每一刻的選擇，但反過來想，會不會我們能做的選擇只是我們能力範圍內的選擇，而人類總有要面對的事，例如人必定會衰老，這是宇宙的定論，也可以看作一種無法抗逆的宿命。即使數千年來人為了長生不老而做過多少努力，也都徒勞無功，我們不可避免地衰老和死去。

所謂人性，人的本能。

人終究無法改變宿命，會哭、會痛、會老、會病、會死，會嚮往也會失望，這麼想，宿命是不是必然的存在呢？而人永遠無法逃離自己的宿命，就像無法決定自己的性別、父母和出身，我們的自由意志真的存在嗎？還是它只是一個被決定好的劇本呢？

最近也看《心靈判官》，裡面的未來世界中將人腦放進不會衰老的機器，這樣是活著，還是死去呢？

畢業製的劇本以做《雲和遊戲》，是一個懸疑青案故事，自然會涉及到許多的生死的議題，故事中的主角們拼命努力地活，我做為故事的作者卻不斷設計難題讓他們「死」，某程度上神是不是也擔任著這樣的角色？

自己在寫劇本時才發現一件很殘酷的事，決定角色的生死不過是幾行文字的事。我的畢業作品裡面，我自己很喜歡的一個角色不幸地犧牲，她在劇本裡的任務結束了，所以「沒用了」。作為犧牲，她會激勵其他角色前進，這是她的劇作功用，很殘忍，但是對於主宰這個劇本的我來說，這就是她無法逆轉的宿命，而她將為這個劇本付出生命。不禁讓我想到，我活著的理由會不會只是因為要執行我人生劇本中的必要任務呢？

我們的人生任務，該做的事、該遇見的人、該去的地方、該實現的和無法實現的，是不是這一切都生死有命呢？
如果是，我為什麼那麼想生？
如果不是，我為什麼那麼想死？

如果這個世界有絕對的宿命的話，那我寧願相信，一切都是命中註定。

包括我在這裡，遇見你，和錯過你。

再來一次你還會是今天的你嗎？
（是的話這一切都是命運）
今天的你是無數個偶然而成的選擇嗎？
（是的話這一切就不是必然）

生活是眾人的命數。

曾經擁有或是從未擁有？

今年年前讀了一本很喜歡的小說，叫做《獻給阿爾吉儂的花束》。

簡述一下內容。但他不自覺因為「笑」得無表情作偽笑

主角查理是一名天生的智能障礙者，常年活在別人的嘲笑、怒罵和嫌棄中。之後他透過人體實驗而變得聰明，也因此開始讀得懂以前看不懂的書、懂得以前不懂的道理和知識，同時他也明白到原來以前他人對待自己是如此地惡劣，了解到人際關係，了解到原本在所有人眼中是笨蛋的自己突然變得聰明起來。身旁的人對他充滿了恐懼而遠離他，他經歷了嶄新的人生，但並沒有變得快樂起來，而是變得更加的不幸……

讀完之後我想起了艾米莉·狄金森一首很經典的詩〈如果我不曾見過太陽〉：

我本可以忍受黑暗

如果我不曾見過太陽

然而陽光已使我的荒涼

成為更新的荒涼

如果一件事注定會失去，那麼你會選擇曾經擁有還是從未擁有呢？

曾經擁有，可以使自己的經歷更多，懂得更多，同時也要承擔更多，在這個過程中所產生的愛恨，痛苦和遺憾，以及失去時的悔恨和絕望。既然決定要經歷美好的部分，那同時也得付出代價。

從未擁有，你不會見到山頂的風景是盛大還是荒涼，你不會感受愛時的心動和滾燙，因此你不會感受失去的冰冷和撕裂，但你的人生也不會有更多的故事，也不會有機會感受以前沒感受過的。

最令人痛苦的或許不是失去，

而是抓不住

熄滅吧、熄滅吧、短命之燭！
生命不過一行走之陰影，一可憐之優伶 即詞稱演戲之人
即首闊步者與煩惱者在舞臺上的一瞬
爾後再不被聽聞，生命是一個故事
被傻子述說著，滿是喧囂
充斥著無物

> 莎士比亞《馬克白》
> Act 5, scene 5

作為一個虛無主義者，我常常覺得，我們並沒有真正的得到或擁有什麼東西。例如戀愛，我經歷的是與他一起相愛的時光，而不是擁有他這個人；例如喜歡月亮，喜歡觀月，但我從未擁有月亮；例如喜歡看海，我擁有的是看海的記憶，而不是海本身；例如追星，我擁有的是狂熱當下的快樂和偶像帶給我的光芒，而不是偶像。我們從來都是涉路而過，不曾緊握世界，而這些感受和經歷塑造我，成為我的一部分，即使它們往後的餘生不再出現在我的生活裡。最後當我們離開世界，沒有一樣人事物是可以帶走的，所謂的永遠並不實際存在。

燭火終將熄滅，那熄滅前我們可以做的只有盡情光亮。

我很喜歡《獻給阿爾吉儂的花束》的作者在故事最先引用了柏拉圖《理想國》中關於光明和黑暗的一段，大致的意思是說，無論是走進光明，還是走進黑暗，都同樣會造成眼睛的迷惑。

過多的黑暗會困惑，
過多的光芒會目眩。

那麼是不是意味著我們最終總會失去？

也就是說，無論是擁有過還是未曾擁有，你都會感到困惑，那麼基於這個原因，如果兩者中要擇一的話，我必定會選擇曾經擁有。既然選擇哪一個我都會遺憾，選擇哪一個都要面對那個選擇的困惑，那麼經歷更多，就是更好的選擇。我至今仍然覺得不是將人生塑造成完美無瑕的藝術品，而是把人生雕鏤成獨一無二的形狀，所以雕刻時必要的痛苦，我一個都不想少經歷。

書裡有一句很悲傷的話：「誰說我的光明就一定比你的黑暗美好呢？」是的，沒有見過光明的眩目刺眼，你不會意識留在黑暗裡的安然；沒有經歷黑暗的頹敗，你不會凝望光明的景狀。缺任何一塊，都無法成就自己。

佩索亞

前幾天看《不安之書》看到這樣的一句：「看見是為了看見過。」

是啊，經歷是為了經歷過，擁有是為了擁有過，深陷是為了深陷過。

如果因為失去而卻步，無法去經歷更多，那我們來世上一趟，多可惜啊。還是想擁有啊，就算代價是失去，還是想義無反顧地擁有過什麼。

來都來了，一定要不負此生，甘願沉淪。

忘了在哪裡看見一條關於這本書的評論，很喜歡所以補我寫進自序裡：

「我曾在光下起舞，又最終歸於塵土。」

存在過比啊。

因為害怕失去而卻步的生命，那麼浪費啊親愛的。

我不想虛擲我的生命。

- 什麼是好的人生？
  是經歷多的人生 ~~~，或是擁有多的人生？

  經歷不會失去，但擁有會。

  全然所失的人生並不存在（至少我沒見過）

生活是煙雲過眼。

來日方長或是人生苦短？

常常聽到人們兩種極端的說法：

「來日方長，以後還有很多時間和機會，慢慢來。」

「人生苦短，及時行樂，現在不做以後就沒有機會做了。」

其實我常常覺得明天很漫長，特別是空洞的時候。我只是覺得一片荒涼，不是特別悲傷，也不特別快樂，不跌宕、不曲折、不劇烈，就像是凌晨三點的梅雨，世界睡著了，我靜靜地醒著，旁觀這場夜雨，沒有人知道，當時我覺得這場雨可能就這麼下一輩子，等不到它停的時候。時間就是突然扭曲的軌道，我在裡面蜿蜒前行，很久很久都走不到盡頭，然後天就亮了。

天就亮了，雨停了，夜晚消失了，像是什麼事都沒有發生過那樣。然後慢慢發現，很多個晚上都這樣過去了，無聲無息，永遠有明天的夜晚，永遠有明天的日出。

明天好遠，昨天也好遠，
而今天，只覺得很倦。

來日方長？是什麼給你錯覺得自己時間很多？
人生苦短？你以為自己經歷足夠多了嗎？

我其實知道的，漫長只是心的感知，是我在主宰時光的長
短，而無法填滿任何時光的我，無法安放這些漫長的日
子。來日方長是個很美好的詞，許願很多明天，像是一個
不服輸的人，努力對抗著時間造物主。

短暫是對過往的總結，所有日日夜夜被濃縮進一個名為
「過去」的載體裡，再好的或再壞的全都可以輕談一句
「都過去了」。那些時間有多漫長、有多難熬，只有自己
知道。

它們出於完全不同的基準和定義，所以我才會覺得人生又
漫長又短暫，它們並不衝突。

結果來日方長和人生苦短可能是同一件事，皆是要我們正
視此時此刻。

來日方長不是說我知道未來有多長，餘生有多少可以揮霍
和嗟惋的時間，而是希望自己能夠往前看一點，別糾結眼

寫往以《餘生》這本書出版已經是有四年了，
依然覺得餘生是僅次於揹東愴氣很疼的詞。

前的短嘆，正視現在的難關和難忘，好好度過今天，才能
砥礪前進。這是實現的力量，放開眼前一刻，時間的累積
實現來日可期。

人生苦短也不是說我沒有未來，容不下多一刻的虛度，而
是看清楚眼前的路途和無助，而是學會把握和知足，免去
過多的未決和混亂，專注於目光所及之處，跨步走過糊塗
和錯誤。這是現實的力量，看開自身的匱乏，享受義無反
顧的勇敢。

現實和實現，既是人生苦短，又是來日方長。

無常無常，就是還在路上。

• 從明天起，做一件事？
我早忘了我自己。

從明天起，做個幸福的人
餵馬、劈柴、周遊世界
從明天起，關心糧食和蔬菜
我有一所房子，面朝大海，春暖花開

從明天起，和每一個親人通信
告訴他們我的幸福
那幸福的閃電告訴我的
我將告訴每一個人

給每一條河每一座山取一個溫暖的名字
陌生人，我也為你祝福
願你有一個燦爛的前程
願你有情人終成眷屬
願你在塵世獲得幸福
我只願面向大海，春暖花開

海子《海子的詩》

生活就是歲月的無常。

驅使你活下去的動力是什麼？

紀念貓咪宇宙先生來我們家的一週年。

二〇二〇年七月，機緣巧合之下我們認識了這被拋棄的小貓。那天我剛結束《隱喻》的台中場簽書會，從台中坐高鐵回台北的路上，看到室友傳來小宇宙的照片。室友從很遠的地方帶牠來，那時候的牠很小很小一隻，縮在籠子裡的一角。我到家的時候，室友也才到家不久，小宇宙因為太害怕陌生的地方了，躲在床邊的縫隙裡，我們哄了好久才能把牠騙出來。

那天室友和我都沒怎麼吃東西，簽書會時已經用完我所有的力氣了，室友下班後去接宇宙，我們兩個晚上十一點多，才叫外賣，坐下來休息。小宇宙開始探索牠的新家。那時我仍然寄住在室友的一人房裡，空間不大，宇宙很快就適應了新環境，晚上第一次和我們一起睡著。

宇宙實在長大得太快了，這會不會就是父母親看著孩子長

真的很神奇，宇宙集合了我和室友的個性，
比如室友的潔癖，我的懶惰，我們的貪吃。

大成人的感覺。

然後我們迎來了第一次和牠洗澡，第一次剪指甲，第一次帶牠外出，第一次帶牠看醫生。後來搬到了更大的地方，牠第一次坐在窗前看日升日落，還有第一次生日。

宇宙是一隻聽韓文長大的貓貓，後來牠漸漸適應了宇宙這個名字，每次我們叫牠，牠都會甩尾巴。有一陣子宇宙一直尿在床上，有潔癖的室友就會崩潰，然後幾乎一天洗一次床單。那時宇宙就站在角落，彷彿不知道自己做了些什麼。宇宙還是一個傲嬌鬼，牠常常跟我們撒嬌，然後我們去摸牠的時候，牠就會躲開，就是喜歡吸引視線，但又不喜歡被人碰。

除此之外，宇宙還有很多奇奇怪怪的習慣，比如說牠很喜歡紙和線，常常在我不在位子時把我的東西搞得一團亂；比如牠很喜歡玩拼圖，前陣子就偷偷把拼圖藏起來；牠喜歡在襪子上面睡覺；牠喜歡看窗外，常常給我一種欣賞人

間的感覺；牠準備跑之前喜歡扭屁股；躲在衣服裡時會記得收好自己的尾巴；牠害怕氣球但又對氣球充滿好奇；牠還很公平，夜裡會去和室友睡覺，白天室友上班，而我終於被睡眠放過，可以睡的時候，牠會來跟我睡；牠還超級會「做貓」，我和室友在爭論的時候，牠就靜靜，誰也不幫，我常常在想，牠可能不屑於人間的雜事。

沒有人能拴住，我也不去拴住任何人。

以前我一直覺得自己是一個毫無牽掛的人。

這是真的，我不擅長整理，但還好我懂得放棄。世界上任何的東西都是，只要你懂得放棄，就沒有事物能夠傷害到你。

我就像是一口無人光顧的枯井，吃完藥之後就靜靜地發呆，井底什麼都沒有，只剩幾滴髒水，靜待著被時間蒸發。不要緊的，因為明天的我就會忘了今天的頹敗，我不用開燈，因為開燈了也沒用，清晰了視野後我看到的居然

是一片空白。

宇宙是我匱乏空白的生活中，最有活力的生物。

看著牠一天一天長大，我能感受到那種源源不斷的生命力，世界上沒有東西能夠阻止牠生長。生命力，那種我沒有的生命力。

我的日常就是被宇宙靜悄悄地治癒的。

牠確實像是宇宙那樣，包容陽光和黑暗。 *語氣痛，語氣毀滅*

宇宙就是這樣，不會為任何人開燈，不會拯救任何人，在我停頓的時間裡面，牠不會推著我往前，不會要我好起來。牠不在乎這些，不在乎我今天做了什麼或者什麼都不做，不在乎我有沒有一不小心就撕毀自己，不在乎我有沒有好好吃飯和睡覺。宇宙就是這樣，容許萬物的存在，不用我悔改。

生命力，那種我渴望的生命力。

反覆看了好幾遍這一篇，
為什麼還是會濕了眼眶？

比起我們在「養」牠，我更喜歡說宇宙與我們是同居的關係。

以前我一直不知道「養寵物」到底是對動物好還是自私地對人類好。人類本身就是殘忍的存在，而我知道我一直都在其中，無法逃離人間的共性。在外人眼中是我們收留了一隻被拋棄的動物，為牠付出、給牠吃、給牠喝、給牠住的地方，但事實上我知道那並不是全部。

我不知道人到底有什麼資格去主宰一隻生物的生命，我不知道我們是否有這個資格賦予牠名字，把牠困在一個空間內，強行讓牠和我們一起生活。我不知道牠看見窗外的飛鳥時，會不會像小時候被困在家中的我一樣，渴望自由自在的生活。我不知道牠是否願意，是否覺得這樣的日子滿意。人類確實很傲慢，總是以為自己知道很多，卻又無知至極。我也一樣，不是我救了牠，而是牠救了我。

從此宇宙將一刻不停地填滿我的生命、我的時間、我的心臟，讓我覺得活著是件難以言喻的好事。

同居一週年快樂。

願我們都心懷宇宙，不怕以後。

一年後的2021年九月，我和宇宙遇見了第二隻貓貓，為牠命名為九月。牠和宇宙的性格截然不同，從此我和宇宙展開了2女2貓的吵鬧生活，下次再來分享九月的故事。

生活是各自的宇宙。

好的故事一定有好的結局嗎？

也許是寫劇本和寫故事的原因，除了看許多作品，我還會去注意人們對於作品的反應。每當一些精采的故事有了引人爭議的結局，就會有人說「爛尾」，然後又會因為這些「爛尾」的評論，而影響那些還沒開始看故事或者看到一半的觀眾和讀者。錨定效應真的很可怕，我們就是這麼隨時隨地被其他人影響，又難免無意中影響著別人。

我們總是比自己想像中的更容易隨波逐流。

大家都有自己預想和期望的結局。

不管是生活中還是故事中，可能是成功，可能是團圓，也有可能是一次實現，實現夢想、實現愛情、實現正義。人生不夠完美，所以我需要「代理滿足」，看到作品中的主角幸福就是我們的「代理滿足」，可是不是每一個故事都會按照自己的期待去走。

人們常常把這種失望的期待，投訴在結局的不如意上。

喜歡的一個故事在完結篇後被許多人
評價為爛尾，我難過了好久ㄒㄒ

也許是生活太不如意了，
是以在虛假的故事中「如意一點」。
那是為故事好呢？還是為自己好呢？

什麼是好的結局？幸福快樂，王子和公主在一起，沒有犧
牲、沒有遺憾、沒有不滿，每個角色都得到自己想要的，
於是觀眾也得到自己想要的，這就是好的結局嗎？可是你
想要的結局，和旁人想要的結局，和角色想要的結局，是
同一個想像和期待嗎？
不是你想要的結局，並不意味著「爛尾」。

事與願違不是絕對的，有些對我而言是好的事情，對其他
人而言並不好。有些結局有利於我，卻犧牲了眾人。有些
遺憾使我難過，卻也成就了某些人的愛恨。
雖然我還是會很失落，也會失望，但故事給過我的感動和
感受，都是真切的。
結局的好壞，並不會左右故事的精采。

因為爛尾而錯過就太可惜了啊。

看了足夠多的故事，就會知道，世界沒有那麼多圓滿。我們永遠要去面對求之不得。

那一天你沒來，就是故事的結局。
那次的錯過，有一天變成了我的收穫，或許這也是我們最好的結局。

有間：那過程不好，
但結局好就是好的故事了？

高起平收？
高起低收？
平起高收？
平起平收？
高起高收的故事可能百年難得一見吧？

生活是結局的延續。

過程與結果，
哪一個比較重要？

結果重要嗎？

不能說完全不重要，我知道那是騙自己的話。每個人都一定會在意結果，相愛了就想知道能不能白頭，比賽就想要贏，付出就想要成功，考試就想要高分，創業就想要賺錢。這是理所當然的事，沒有人希望自己徒勞無功，只要是帶著目的的事情，大抵都想要有個好的結果。

可惜生活並不是簡單的二元對立，並不是只有贏或輸、得到或失去、正義或邪惡，很多灰色的地帶，很多看不見的部分，又該怎麼去定義它呢？

所謂的結果是什麼？對考試來講，是目前這一次有沒有考上。對比賽來說，是眼前的競賽有沒有贏。它的結果可能是當下的，沒有考上或者沒有贏，但是因為沒有考上，而

人生的結果是遠遠的，
眼前的結果以後回頭來看，都只是過程的一部分。

最後的歸宿變成了去別間學校，遇上了不一樣的人，這樣的結果又是怎麼去數算呢？在愛錯的時候發現自己在愛裡做過的悔事和傻事，後來變得更加溫柔地善待別人，喪失了一點點愛的能力，但多了一點點辨認愛的能力，這算不算也是一種結果？

所以結果是短暫的，結果的意義並不永久。人生的果實又怎麼去定義呢？

change

「過程比結果更重要，就算大人們這麼說，小孩子肯定也不會接受。但我更贊同大人們的觀點，正因為有每天那些行動，才有了今天的我，結果不過是副產物罷了。」

很喜歡《排球少年》一個出場次數不是很多的角色，也是說出這些台詞的人，稻荷崎的隊長北信介。他並不是天才選手，甚至國中裡並沒有當過正選出賽，他不耀眼，不是

或許大人才是最注重結果的人吧，
不做沒有收穫的事

不需要奇蹟，只要穩紮穩打，
踏實地把日常的累積發揮出來。

主角，能力也不太強，每天好好地吃飯、上課、排球練
習、清潔打掃、與人寒暄，做著普通平凡的事，過著穩紮
穩打的日常生活。他依舊沒有成為比賽正選，也沒有富有
戲劇性的情景，但是在他升上高三，第一次拿到出賽球員
的球衣時，成熟穩重的他哭了。在別人眼中這根本不算是
什麼成就或者成果，但他卻覺得這就是某一種結果，某一
種回報，不需要什麼人看見，不需要喝彩，不需要偉大的
成就，真誠地做一件事，然後在做的過程感到心滿意足，
就是人生的果實。
結果只是一種副產物，轉瞬即逝的煙火，但過程留下來的
經歷卻是一輩子的。

生活確實不是單純一句「過程更重要」或者「結果更重
要」，生活那麼複雜，又怎麼去定義過程中的獲得或者結
果的獲得？

有用…什麼才是有用的事？

過程中的一切都看似徒勞無功，因為結果不會在當下就顯現，所以常常會覺得無力。好想看到結果，還有多久才看到結果，什麼時候才能成功，盡頭在哪裡，好苦好苦，這些時間裡的煎熬真的有用嗎？

我研究所讀的是電視劇劇作，於是看劇就成為了過程，每天認真看劇，認真做台詞筆記，從未有一天休息，從不二倍速，有感觸就會停下寫心得，喜歡的劇就二刷三刷四刷五刷，反反覆覆看同樣的作品。這些都看似無意義的過程，有時候看到不那麼喜歡的內容，有時候心煩意亂根本不想做筆記，有時候覺得這只是在浪費時間，看不到什麼實質的結果。看劇就可以讓我更會寫劇本、寫故事了嗎？不會，我不會突然變得厲害，我不會突然就做到，戲劇化地獲得一切。

人不會突然就成功，結果需要漫長的孵化。

一切都是累積，我開始知道什麼劇自己更喜歡，什麼類型自己更適合，我開始懂得什麼人物被大家熱烈討論，什麼角色被大家討厭，我開始去思考，什麼台詞能夠引人深思，什麼場景畫面更美。如果沒有日復一日的台詞筆記，如果沒有反覆看同一部作品，我不會知道隱藏在背後的故事，如果沒有那些看似徒勞無功的過程，我不會得到後面的結果和回報。

所以過程就是收穫。

結果很重要，但絕對不比過程重要。

就像是我想要去看絕世美景，美景是我動力的來源，但真正讓我記住的，是我如何艱難努力地奔往的過程，是與我同行的人，是我在這個路程上花的時間。

不想成為太淺的人啊，想裝得住每段旅程，也裝得住得與
失的人生。

你願意去做沒有結果的事嗎？

生活是收穫的過程。

你如何回憶起從前？

不過是日常，隨機播放到一首歌，我甚至忘了我已經多久沒有聽了。天氣很好，我踩著低跟的皮鞋，一身大人熟練的模樣。我早已學會不會為了生活的瑣碎而哭泣，在生活面前顧影自憐沒有用。可回憶就是這樣冷不防地浮現。

我站在路邊，一些舊念，一些相片，一些從前，聽著聽著就淚流滿面。

看大戲　盪鞦韆　踢個石子兒在小路邊
廊門的燈籠　集市的湯麵
新買的衣裳　壓歲的零錢

我沒有兄弟姐妹，但我有一個很要好的表妹，常常出現在我的文字裡頭。

她是一個外表很理性但內心很脆弱的女孩，會妥當地處理好生活中一切大小事，卻也會因為丟了一張卡片而哭半

我們的個性截然不同。
我顧強堅強，相對地成熟無情。
她養家顧家，乖巧聽話，多情而深情。

天。我們生活在不同的城市，從來沒有真正地一起生活過。小時候一年只會見她兩次，一次是寒假一次是暑假，所以見到她是小孩子快樂的象徵，代表那是假期。見到她的時候都很開心，待在同一個屋子一整天看電視都可以很快樂。

假期一結束，我們就會分別，然後各自回到自己的生活圈，讀書打拚。我們的生活沒有重疊，我不認識她的朋友，她也不認識我的同學，各自的煩惱，各自的熱鬧。可是一年總有那麼一兩次，我能與她見面，歡快地細數一整年。

有的人存在本身就很美好。

小布鞋　花手絹
吹糖人兒的老伯和故事裡的神仙
我蒙上帕子數到三聲
你快快躲到老樹的後面

直到我上大學之後，開始了我的旅居生活，固定見面變成了想念，有時候是我忙著奔向大世界，有時候是她埋頭苦讀準備著明天。我們的假期開始錯開，長大就是距離蘊積的過程，一年能見一面就該珍惜。

後來她也上大學了，也去到和小孩截然不同的世界，有了新的室友、新的校園和新的夢想，兒時的星星點點早已不見。可是我們仍然常常聊天，聊我們共同的偶像，計畫著下次的見面。長大也有好處，我們可以去以前去不了的地方了，比起以前只能留在家裡度過整個暑假，後來我們可以去旅行了。

我發現她從來不會叫我姐姐，可能是我在她心中並不夠像大人吧。 也可能是因為我們只相差一歲半

她大學畢業時，我排除萬難趕去了她的畢業典禮，看著她穿著學士服站在人群中。我難以想像她已經長得這麼大了，她在我記憶中明明只是一個跟在我後面的傻笑兒吧。

332 333

姐姐　去年見你一面
你與人笑著笑著就說起從前
兒時的巷子裡深深淺淺
竟不知不覺就過了二十年

因為疫情，我已經兩三年沒有回家了。
（？）
然後我們都畢業了。我成為了一個還行的作家，她成為了
國小老師。

上一次見她，她陪我去北京辦研究所的事情，順便一起去
看偶像五月天的演唱會，剛好慶祝我考上研究所，而她考
上教檢。我們看完演唱會後，在陌生的城市裡遊蕩，深
夜騎了好幾公里的單車去吃火鍋。路上一個人都沒有，我
和她乘著夏日的悶風，一邊騎一邊歌唱，一邊走一邊笑，
無拘無束，自由自在。

後來我在《憶往》的書中寫了一篇
文章紀念她的畢業，感到：歲月的去情一朝告別。
也感到：我用想念，來頂所有過去。

我有時不懂，大家都在慶祝生日，慶祝的是什麼？自己又不讀大腦嗎？

有一陣子我病得特別嚴重，沒有任何感覺，身體卻一直在衰壞，大半年的日子沒有了情緒，哭不出來，睡不了覺，吃不了飯，大部分的時間裡我只是毫無意義地發著呆，像是一個將死的人。那年生日，我在台北和室友吃飯喝酒，喝得有點醉，回家後我躺在地板上。快到十二點了，我又長了一歲，而我今天也沒有任何不同，我日後也會如此，一直腐爛下去。

她發了一篇文跟我說生日快樂，用一些淺白的文字祝福我，每年如此。後來我去翻找紀錄，原來她每年都會寫祝福給我，堅持了十幾年。

那年她說：「姐姐，我知道快樂很難，但我還是想祝你快樂。」

我像屍體一樣躺在地上，竟然因為姐姐兩字而眼淚嘩嘩地流，泣不成聲。

我忽然明白一轉眼我們都不是小孩子了。

我已剪掉我六歲的羊角辮
而你的樣子裡面也多了些疲倦
如今在遠方遇到愛笑的姑娘
仍忍不住　想起你的臉

「姐姐生日快樂，希望你一直像小孩時的你那樣愛笑。」
竟不知不覺過了二十年。

回憶不會肆虐，不會明目張膽地痛擊你的心臟。
它們很細碎，碎得只要生活中有一丁點縫隙，它們就可以
鑽入，然後一點點地腐蝕你。起初只是輕輕癢癢的，使你
毫不在意，你繼續一如既往地生活，回憶在你腦裡漫漫堆
累，等你發現時，回憶已經俯拾皆是，橫流一地，攻略了

回憶很好騙，它們知道你的手心哪一塊最柔軟了，
它們就在那裡放肆歡。

你的生命，佈滿你的一生，而你的心臟早已生鏽。

她工作甚忙，我平日很少聯繫她。

那天我實在沒忍住，給她發了一張我們很多年前的合影。

我說：「一切都好像好遠好遠了。」

她回：「是啊，死去的回憶突然攻擊我。」

你以為一切都離你很遠了，可是只要想起你懷念的一切，

失去的一切，都在那裡原封不動地保存著。

你以為你可以觸及它們，才發現一切都碎了，甚至連碎片

都沒有留下。

「姐姐，我們什麼時候能見面？」

「不知道呢。」

「再不來，我們都老了。」

就用想念，纪念我逝去的昨天。

就用想念……

就用……

生活是從前的深深淺淺。

怎麼看待浪費的時間？

迂迴不是浪費，而是學會。

那些我以為的浪費，其實都是路上的進退。生活不是課表，你需要多久時間完成一趟旅程，只有你才知道。

有人一個瞬間就能學會愛，有人需要一生。

● 一切是偶然還是必然？

前幾天和明友去十分遠和暮隆和平島
拍頭七眼照片，中間開車去往和平島公園時
走錯了路，繞了好久才終於找對方向，時
間度了很多，沒能拍到夕陽落色的
大海，但在我們抵達的時候，剛好趕
到了超級黃的海上夕陽，天空漸變出紅紫
多彩的顏色，夕陽就像鹹蛋黃般在海上
繼續隆向海準。如果我們沒有迷路或
走更短的路都無法和這樣的夕陽挿個
滿懷，有時候就是那麼剛好，是偶然也是
必然，沒有的一點或少一點，剛好的遇見和
剛好的錯過，一切都是命中注定，我和你。

日出或是日落？

現在住的地方有大大的窗戶，於是每天都可以看見日出。
常常做事做到一半發現天開始亮起來，而且很快，天就會
完全亮了，這個「變天」的過程不過是一瞬的事。很喜歡
這一刻，我總是會停下手邊在做的事，然後望著日出發幾
分鐘的呆，我也不知道自己在想什麼，就是需要有一刻暫
緩，去看一些比生活更偉大的東西，比如太陽。

夏天的夜很短，四點半多一點就要天亮，直到陽光穿過雲
層，穿過窗櫺，直到我無法直視，一天開始了，我可以去
睡覺了。很長一段時間我覺得看日出是件很悲傷的事，可
能那代表著我失眠的結局，就是讓陽光穿透自己，消耗所
有精神，然後潰散，我變成了無。

但是在我習慣這樣日出的畫面時，覺得日出很浪漫，值
得自己收藏。有時候在別人看來是失去，在我看來卻是
延續。別人一天的開始，是我一天的結束，別人的光是
我的暗，別人覺得的遺憾是我的勇敢。開始總有結束，這

「有一天，我看了四十四次日落。」
「你知道嗎？人在難過的時候會愛上日落。」
「在你看了四十四次日落那天，你難過嗎？」
但小王子沒有回答。

安東尼·聖修伯里《小王子》

小王子哭了流淚就是很令人難過 ㅠㅠ

很好，那也代表著結束總有開始，這樣的日出像是在跟我說，我知道你今天的辛苦，晚安。

我的傷心也是，太值得我去收藏。

因為有大大的窗戶，所以自然也可以看到日落的景色，每次夕陽出現就想拿手機拍下來。即使今天的日升日落和昨天的日升日落並沒有什麼不同，可是生活就是這樣的，你知道沒什麼大不了，但你還是想留下什麼。

然後對比日出和日落的照片才發現，如果沒有手機顯示的拍攝時間，我也許根本分不清哪一個是日出哪一個是日落。是啊，有時候，人根本分不清什麼是獲得，什麼是捨得。以為長得越大越有能力判斷事情的好壞，結果到了最後你會發現，有些人的快樂，對其他人而言是悲傷，而大部分人眼中的痛苦，可能是某些人的蜜糖。

生活如是，天黑和天亮，本來就相似。

生活是數不清的晨曦和昏夕。

你覺得成熟代表什麼？

以前覺得成熟就是經歷很多事情，所以很多人在經歷重大
變故時會早熟，因為提早看見世界晦暗的一面。寫過一些
書和穿越過一些無助，才發現早熟和成熟之間仍然有很大
的一段距離，早熟並不等於成熟，也並不是經歷得越多的
人就越成熟。

據說人生有三次重生，第一次是在我們發現自己並不是故
事的主角時，第二次是努力了仍然事與願違，而第三次就
是在知道世界總是事與願違後，仍然選擇努力。

我想成熟大概就是學會雨中作樂，對吧。

我發現了，人無論去到世上哪一個地方都無法逃離糟糕的
天氣，天要下雨，你是沒辦法去阻止每一場狂風暴雨的，
如同你沒辦法抵擋陽光的曝曬。

可是人有心臟和大腦，於是後來，學會了製作雨傘。人生

就是學會造一把替自己遮擋風雨的傘。

如果你還沒學會為自己的人生撐傘，或者你的雨傘還不夠

堅固，還不能抵擋世上所有風雨，那麼沒關係，我們可以

在雨中散步。

⬭總結自己的三次重生

1 以前以為自己很會寫，以為自己極有天賦，上了大學時
才知道世界比我會寫的人遍地都是，而他們卻毫無被
埋沒，我意識到了自己的平凡。

2 平凡的我一定要更努力才行，於是我不再不切實際只作
著作家的夢，而是去尋找靠近夢想的職業，比如
編輯，後來大三時去實習，然後開始生病和治療，
最終仍然沒能順利完成實習。

3 在努力治癒自己的過程中學會和自己和好，把
這些經歷寫下來，仍然努力去活。

生活是習慣悲歡。

如果人生有收回鍵？

「收回鍵」的功能其實最近幾年才開始出現，在那之前，任何已經說出的話、傳出的訊息都無法收回。就像我們的人生一樣，做過的、付出過的、錯過的、恨過的、給予過的、愛過的、痛過的都不能重來，也不能沒收，不能把一段時光剪裁下來扔進垃圾桶中，再一鍵刪除。沒辦法，人生就是一趟有去無返的旅程，無論好壞，已經過去的時間裡的種種，都會成為生命的一部分。

所以當「收回鍵」出現後，我發現這個設計很有意思，彷彿給了人再次思考說出的話是否恰當的機會，也給了自己後悔和更正的機會。但是問題是，收回後會出現「誰誰誰已收回訊息」的字句，那這是不是也是一種後悔的印記呢？

如果人生也有「收回鍵」，可以反悔至今為止做過的選擇，自己會不會去使用它呢？我們會不會更加不那麼重

收回和回收都不可能吧！
我們又不是可燃／不可燃垃圾⋯

視每次抉擇的時刻呢？認為「沒關係，反正之後可以後悔」，那麼做任何抉擇當下所付出的決心是不是就變得不值一提呢？如果人生可以容許追悔，人還會慎言嗎？如果人生可以容許收回，人還會珍惜自己的生活嗎？

我其實並沒有任何想要收回的瞬間，並不是說我的生活滿是順遂，沒有後悔和遺憾，反而我在許多時候都會產生「啊早知道就怎樣」的想法。想要挽回的事情太多了，該從哪裡開始修正，可能是從昨天看過一部不怎麼樣的電影開始，到上個禮拜吃了一份不好吃的外賣，或者幾個禮拜前買了一件不怎麼樣的衣服，或者是與一些不怎麼樣的朋友交心，或者更早以前做著一份不怎麼樣的工作，愛過不怎麼樣的人。就像是一本厚重的筆記本，一寫錯就想修正，直到它完美為止，這就是修正帶的意義嗎？我不知道。被賦予「收回」或「再來一次」的能力就能夠過好我

可以重來但不能收回的人生⋯

的生活嗎？我也不知道。我唯一知道的是，萬一時光可以修改，我大概就不會如此珍重所有的得捨了吧。

收回人生中的任何一個瞬間，我都無法成為今天的自己。

我不想收回人生中的任何一個瞬間，我想去相信，所有經歷都是我靈魂的一部分，包括無法挽回的錯誤，還有那些賞不逾時的美好。

好處，做任何事都仔細想清楚
壞處，太小心翼翼地做任何事了

• 如果你面前有一台機器可以看十年後自己，你會查看嗎？
不看，不看，不看！！！
好的未來會讓我無趣和失去努力的意志（因為反正都是好的）
不好的未來讓我不想活（因為我已經知道了我的人生下場）

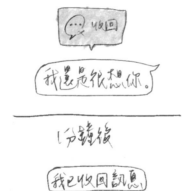

生活是落棋不悔的棋局。

你最近學會了什麼？

用痛苦治癒痛苦。

這聽起來很矛盾，因為在我們的想像中，總是覺得應該要用正面的事情來抵消負面的事情，比如快樂、獲得、幸福等，但也因為這幾樣東西在生活中並不隨處可見，所以我們總是不快樂，這樣的痛苦也永遠在我們的生活中輪迴著。於是我們痛苦了一天，只快樂了幾秒，痛苦一直被延續，等不到終局。

*痛苦
×
痛苦
＝？*

avogado6老師的畫太令人深刻了

這一陣子很喜歡一個日本畫師アボガド6的畫作，作品內容是憂鬱的、頹廢的、傷心的、難受的、失落的、殘忍的畫面，這樣痛苦的作品卻給人帶來了安慰，用畫師本身的痛苦來治癒其他人的痛苦。也許致鬱和治癒本來就是同一回事。

因此我開始反思自己的生活，我能用我的痛苦來做什麼呢？痛苦有沒有可能成為一種支撐我的力量呢？如果我不去討厭我的痛苦，那痛苦會不會也同樣不那麼討厭我呢？

我在抗拒什麼？我在抗拒我自己嗎？

銘傳大學商業設計系的一群學生年初的時候找到了我，於是我有幸參與他們的畢業設計和採訪，內容是用畫作的形式來表達不同精神疾患的痛苦，將痛苦「可視化」

在今年幫一群畢業的學生編校《無感》記錄冊的時候，在其中寫下了兩句話：

是啊，誰的靈魂又真的完整呢？

這些曾經腐爛的靈魂卻開滿鮮花。

散發著強大的光芒。

痛苦² = ?

痛苦(痛苦) = ?

數學裡有一個人人皆知的概念，就是負負得正。我覺得這是一件很神奇的事，不好的事情與不好的事情碰撞，居然可以得出好的結果。我忽然意識到了，原來這就是我一直在做的。

書寫，寫一些矯情的文字，在書寫的過程，一邊覆查傷口的遺痕，一邊藉以感受書寫痛苦而帶來的滿足。

一邊破碎，一邊用破碎的自己堆砌著新的圖案。

很多人問我，去書寫自己的故事不會感到太痛苦嗎？其實會的，時常去書寫時感到疼痛，但我發現這恰恰是我和痛苦和解的方式，把它們攤開，用它們來修改我的現在，而最令人難以置信的是，我的痛苦從來不會辜負我。

生活是不辜負。

你無法取代的熱愛？

以前我一直以為，熱愛就等於我喜歡的事情。

年紀漸長的人生，嘗試的事情越來越多了，卻也不再像小時候的自己那樣，無論做什麼事都奮力到底。義無反顧是種很極致的快樂，但結果往往不是收穫，而是學會閃躲。

我也是這樣，所以長大後可以不顧一切去做的事太少了，我們連愛都不會太用力了，更何況是生活上的大小事。

喜歡在生活面前太不堪一擊了，一切都不過是泛泛而談。

事情上，熱愛並不是那麼簡單的事情，我喜歡的事情很多，喜歡文具、喜歡玩耍、喜歡旅行、喜歡拍照、喜歡記錄、喜歡聽歌、喜歡電影和電視劇、喜歡逛街、喜歡甜食、喜歡大海、喜歡月亮……太多太多了。要說世界上我喜歡的事情，我大概是寫不完的，但是這些不全都是我的熱愛。我想熱愛應該是更加深沉的東西，有別於其他喜歡，更能抵抗風挫雨撓。

熱愛 vs 喜歡？

常常會問自己：你有奮不顧身做某件事的勇氣和決心嗎？

或許是還有

春天愛四大要素：
① 興趣（喜歡做的事，從中獲得快樂）
② 目標（願意為它努力和學習，想做得更好）
③ 優點（擅長的事，你有信心可以做到，做好）
④ 願望（你會想像關於它的未來）

2022.5.9　原來當以上四件事都衝撃成為一個人的熱愛。↑

記今年研究所畢業答辯順利通過，我又要畢業啦。

是在一個平平無奇的夏日夜晚裡，我說：「我好喜歡看劇噢！」而這件事不亞於寫作，一樣都填滿了我從小到大的生活。我就是這麼草率地決定要去讀研究所的，就是一句：「好喜歡噢！」然後開始備考。日夜顛倒的日子中身體也變得很差，時常頭痛，精神狀態真的很不好，持續了一年的努力，最終跌跌撞撞考上了研究所。考完試的那天，我走出考場時默默地流淚了，我並沒有擔心自己有沒有考上，不是因為我考得好，而是我慶幸自己在成為了大人以後，居然還一直在堅持書寫這件事。在我已經實現了自己的夢想之後，還能繼續奔往，繼續發現書寫的有趣，而這樣的熱愛讓我願意為此在生命中不斷地努力。

我有時會迷茫，已經實現夢想的自己，還可以去哪裡？

讀研究所的過程也並不太順利，到北京一個學期後，疫情爆炸，我也沒辦法回到學校。遠距上課後，我陷入了很多

不喜歡遠距上課，沒有上課的感覺，
沒有校園和同學，一切都像是虛擬的，包括自己。

有時候太想做好一件事的決心卻成了自己的阻礙是
因為太想做好了而容不下一點的瑕疵，於是你開始
看不起這個不夠好的自己，在這時我的眼中看不見「成」，
只看得見「缺」。

　　迷茫和自我懷疑，一些是自己能力的不足，一些是心力不
足，於是我一直質問自己，這真的是我喜歡做的事嗎？如
果是，那為什麼我會覺得負擔、覺得有壓力和痛苦。持續
到年初，我一直寫不出來畢業劇本，甚至覺得，我根本不
是一個擅長寫故事的人，我根本沒辦法寫好一個故事。當
一件事已經不再使我快樂時，那意義又在哪裡呢？中間太
多艱難的時刻，無法數算，每天碌碌無為，卻覺得心累，
看著天亮起來，總覺得一點進度都沒有的自己真的很沒
用。為什麼？為什麼我連喜歡的事情都做不好？喜歡的事
情都做不好，那其他的事我又怎麼去做到？

　　無數次想著算了吧、休學吧、放棄吧，碩士學位也並非那
麼重要。是的，得到與否也只是一些虛榮和成就，以後的
日子我也照樣像現在一樣寫書、觀月、走走停停。學位證
書並不重要，重要的是這件我喜歡的事情，如果我放棄
了，就等於放棄自己從前的喜歡、從前的決定、從前的努
力。如果我不再繼續，那這件喜歡的事跟我生命中其他平

我既不會因此書就賣得好一點或差一點，也不會因此
擁有光明順利的未來，我更沒有想以此為正職，那我在
這裡我可以獲得什麼呢？開始記載得失的我，還能
義無反顧地做這件事嗎？

我願不願意為這件事而熱道
這種不柔和吃力的心情？

凡的喜歡沒有任何不同。如果這是可以就這樣「算了吧」
的一件事而已，那我為什麼會不甘心？為什麼會自責？為
什麼會憤憤不平，終日惶恐不安？

我明白了，那是因為我想把這件事做好，因為它對我來說
太重要了，這件事本身對我而言重要到不允許自己放棄去
做它。重要到讓我忽略痛苦，重要到讓我穿越荊棘。因為
喜歡所以想做好，因為重要所以想緊握，它甚至不再需要
任何意義，不再需要說服我自己。　它比我的痛苦更重要。
熱愛並不是指我在做一件事的時候多麼快樂和盡興，而是
太愛了、太愛了，以致於我願意為它承受很多很多難過和
失落。痛苦不是愛的反面，痛苦在愛的其中，而即使如
此，我仍然願意，願意不留任何餘地。

年初開始一直沒日沒夜地寫，從零開始寫我的畢業劇本，
不再去想自己沒有能力完成，而是去想，完成的過程中怎
麼得到更好的能力。是的，我還沒辦法熟練到可以游刃有

不熟練又如何？
誰不是一邊走一邊學習？

没有故事完美无瑕

既然是练习，那做得不够好又有什么关系呢？

餘寫出一個完美無瑕的故事，但是這就是我的練習，人生的練習，練習延續自己的喜歡，練習接納喜歡和熱愛而帶來的痛苦。

在五月初一個下雨的清晨寫完了，十四多萬字，交出終稿的時候，我不再有那種為自己的喜歡而感到不安的感覺。直到後來畢業答辯結束，高分通過了畢業的審核，一切塵埃落定。

我好像沒有任何改變，我還是會不自信，還是常常很喪氣，還是一樣動不動就懷疑自己，同樣地我也還是喜歡寫東西，還是喜歡看劇和故事，喜歡幻想，喜歡做白日夢。我好像隨著這些日子而變得更加強大了一些，我學會了不自信的時候看看以前寫過的歡喜，學會喪氣的時候去思考並寫下喪氣的心情，學會懷疑自己的時候問自己，你不遺餘力地努力過了嗎，如果有那就行了，如果沒有，那你知道接下來要做什麼了吧，就是去做。

我雖然沒辦法做所有事，
但我能在做熱愛的事時徹底而認真。

我不是一個樂觀的人，常常被人說「你太悲觀了想開點吧」，可是不遺餘力這件事，只有這件事，我會希望自己能一直做到。

樂此不疲，我想我現在終於明白這個詞的意義是什麼了，不是說我不會感到疲倦，而是即使感到疲倦，我也會為此快樂。

為熱愛奮不顧身的所有時刻，為熱愛苦惱和痛苦，為熱愛消亡，為了熱愛可以給出全部的自己，我想我以後一定會很懷念這些時光吧。

馬上就是畢業季了，我終於可以跟自己說，辛苦啦，畢業快樂。

下一次，下一次也要如此，願你所有的熱愛都不遺餘力。

想到一句拉丁諺語：Per aspera ad astra.

意思是：「穿過逆境，抵達繁星。」

「循此苦徑，以達星辰。」　　→　通過自己的努力，達成最後的目標。

「艱難路途，終抵繁星。」

生活是用熱愛去抵消漫長。

你最大的改變是什麼？

我一直覺得自己是個很淡薄的人。事實上也是如此，也許是早早離家闖蕩的關係，我並不會太糾結於人事物的逗留。會來的一切總會如約而至，遲欠的總要歸還，不夠扎實的總會熔斷，山水萬程，而我在其中，不斷地離開和重來，浮沉隨浪，自有悲喜。

小時候覺得「變」是件好難過的事，我們說什麼變質了，大抵都不是什麼好事，比如冰箱裡被冷落的過期牛奶。有時我們會把「變」看成「壞」，什麼變了就是什麼壞了，可是生活中的每個人不是麵包也不是牛奶，人不會變質，但人會改變，好的或者壞的，無時無刻，都在跌宕也都在運轉。覺得什麼都不會改變的我們，太死板了。

我一直不能分辨疫情對我而言是好還是壞。

當然從世界和社會而言，它無疑使全人類幾乎喪失了流動的能力，然而那只是從人類的角度出發。在眾多工廠和生

如果有人說你和五年前一模一樣，
這是稱讚還是批評？
一成不變是褒義還是貶義詞？

產都停止下來的經濟衰頹中，天氣似乎比前兩年好了一點，空氣也比以前清新了一點，這是不是也算是某個程度的好？本來生活就不是絕對的天秤，誰又可以說這一切都是壞事呢？

因為疫情的關係，我無法繼續在學校裡讀研究所，也無法繼續過無拘無束的生活。以前兩三個月就會出國旅行，現在沒辦法了，連見面和想像都變得奢侈，每個人都戴著口罩。以前常常想這個世界壞了，夏天怎麼可以如此炎熱，戴上口罩後還可以更悶更熱。日常是什麼，日常也改變了，我們從害怕、恐慌，變得從容、習慣，我們無時無刻轉變著，很多規劃的事情也遇到瓶頸和停滯，比如在疫情爆發前計畫要去歐洲旅行，但至今仍然無法實現。

每一個轉角都有新的遇見。

在停泊的時間裡，我和室友得以遇見兩隻貓咪宇宙和九

一個人的軟肋是他最溫柔之處。

月，也因為這樣，我擁有了新的生活、新的歸屬。說著不
在乎任何事物的我，有了新的在乎、新的軟肋，我也因為
如此，終於品嘗到駐足在某處的幸福和滿足，這算不算是
生活的禮物？

去年夏天開始與貓貓宇宙一起生活後，第一次離開家裡
去南方旅行看海。我和室友準備在墾丁度過三天兩夜，
於是提前做了許多功課，應該怎麼安置宇宙才是對牠最
好的方式。最後我們決定把牠寄放在貓咪旅館兩個晚
上，找了最好的施設和旅館，然後我和室友就啟程了。
出走應該是對於我來說最簡單的事，說走就走是我的風
格，我既不會糾結也不會擔憂。可是這趟旅程並沒有我
們想像的快樂。在墾丁的三天裡，有超過一半的時候，
我們用手機時時看著宇宙在旅館房間內的情況，大海和
星辰都在眼前，可是那對我們兩個來說，已經不重要
了，美景再美也都沒有任何重量。這三天很難熬，我和

火不怕地不怕的我卻有了害怕失去的事物。

室友兩個人還說，要不然我們提早回家接牠吧，原來住
再好的旅館，也比不上破爛的家。
一次與朋友的談心，她說：「我感覺你有點不一樣了。」
「怎麼說？」
「我覺得你變成一個有牽掛的人了。」

我再也不是一個可以隨便離開的人，我感到我生命的重量
變得不一樣了。
我真的變了吧，我終於有了羈絆，過盡千帆終可靠岸，原
來我不那麼絕對，原來生命從來都不曾決絕，覺得不可能
改變的只有人類自己。

意識到自己一直在轉變著，就能釋懷所有的好與壞。

也就是說，做不到只是意味著現在你無法做到，
而不是一輩子無法做到。

生活是善變。

你希望你是？

我希望我永遠是一本你讀不懂的書。

這樣你就會讀我，一直一直讀我，千千萬萬遍。

如果有人來我的世界，我就會跟他說。
Read Me！

不羈閱讀指南

□ 擁有自由的靈魂（嘗試控制我就是在殺死我）

□ 經常流離幻想出無語自拔（做不切實際的事，愛不存在的人）

□ 自省能力強（不需要別人的批判，我自己來）

□ 很多事情最後都會陷入無意義和虛無

□ 很喪（比我愛我的悲傷）

如果每個人都有一張屬於自己的閱讀指南就好了。

生活是沒有落墨的自傳。

你有重新來過的勇氣嗎？

這個問題真不容易，大概不同時期的自己會有不一樣的回答吧。

你知道的，每段時光都有屬於自己的猶豫。

去一個新的城市重新來過，從頭開始建立自己的生活並不容易，經歷了多少，都仍會措手不及，胸口凝聚著難以言喻的孤獨。

常常回想起第一天來台北的場景，台北下起了毛毛雨，我拖著行李箱，耳機裡是悲傷的音樂。那年頭流行聽什麼我已全然忘記，當時沒有藍牙耳機，有線耳機的線糾纏在一起，手忙腳亂地一邊拖著行李，一邊整理著耳機的線。耳機不能掉，音樂不能停，否則，否則我就要被陌生擁擠的人潮聲淹沒了。

然後是第一次去韓國交換學生時，跟要好的朋友說了一次又一次的再見，當時沒有意識到，原來微小的告別就是某

些關係最後一次交集的瞬間。二月的韓國冷死了，我抵達宿舍的時候室友還沒有來報到。零下的夜晚，窗外悄悄下起了雪。那是我第一次看雪，我第一次知道，原來有一種天氣，叫做孤獨。後來回到台灣繼續讀大學，來來回回，起起落落，在畢業前申請第二次去韓國交換學生，去了與之前不同的學校。

事隔幾年，這次到達首爾是八月底的夏日，天空卻下起了盛夏的滂沱大雨，我提著一大一小的行李箱，沒有多餘的手去撐傘。根據學校給的指示，發現宿舍在半山上，繞了一大圈爬上山，卻仍然找不到路，最後一身濕漉漉地走進宿舍時，其他學生都向我投來異樣的目光，我大概能知道自己有多狼狽。天已經黑了，我站在陌生的房間內，竟然忘了什麼是哭泣。

後來又是來來回回，台灣和香港之間，分分離離，倉卒不已。再來就是一個夏天的夜晚，毅然決定要去讀研究所，

原來三言兩語就可以把過往交代得如此清楚，
所有過去的，只要你願意，就可以如此簡單明瞭。

接著開始一年的備考，考上了北電。再去吧，再去一座新
的城市生活吧，再去感受手忙腳亂和陌生，再去跌蕩和碰
撞，再去闖一闖。

臨走前收拾了一晚上的行李沒睡，一些最後的時刻總是太
過於安靜。到了北京後馬上四處奔波找房子，租了一個不
錯的地方，被子和枕頭都來不及買，於是那天晚上就用衣
服摺成枕頭，拿唯一一件大衣當被子。我不知道怎麼樣就
睡過去了，那時我大概意識到，人生某些必要的時刻，你
只能自己抱緊自己。

重新來過，人總是要重新來過的。

後來因為疫情回台灣到現在，也因此沒辦法回家與家人見
面，從來不去留下什麼的我，開始買紀念品、買玩偶、買
厚重的紙本書。看似因為很多不可抗逆的因素，而無法再
去過「重新來過」的生活，這就像是上天在逼著我學會停
留，跟我說，沒關係，你不必再重新來過。

「我走了。不用等我回來。」
有些人只知道啟程的時路，
不知道此時可返航。

或許這也並不是一件壞事，對吧。

很難去定義「重新來過」的意思，我想，應該就是下定決
心告別過往的片刻吧。不是說要捨棄多少東西才算重新來
過，而是一種「就在今天，我要往前走啦」的心情。可能
是離開一個地方，離開一份工作或環境，離開一段關係，
也有可能只是剪短頭髮，只是下定決心要重置手機裡的照
片，只是把舊的東西清理掉，一些微不足道的果斷。
然後跟自己說，往前走，我還是要往前走。

生活還在繼續，我還在參與。

生活是匍匐前進。

想對世界說的一句話？

萬事萬物皆情有可原。

每個人都有黑暗處，
只是有一些人比較擅長隱藏罷了。

相信是因為你比想像中的還要愛這個世界，
還要愛，一直愛。

2022.7.20

生活是一切盡歡。

你錯過了什麼？

每一次想起錯過，我都會想起一件很微不足道但很深刻的事。

在大學畢業前偶然得知有機會出國去參與五天四夜的交流會，最巧的是剛好交流會期間，我的偶像在當地附近的城市辦兩場演唱會。集天時地利人和於一身，我沒有放過這個機會，我需要製造一個藉口向老師請假，也需要提前買好演唱會門票以及了解如何前往場館，因為不能同時請兩天的假，最後我決定只去第二天。

一切都不容易，需要撒謊逃離正經的學術交流會，也需要在陌生的城市中穿梭，坐兩個多小時的高鐵才能去到場館，人生地不熟。最終我抵達演唱會場館的時候，演唱會已經開始了，我甚至沒有時間去買螢光棒，匆匆檢票進去，坐下來的時候喘得幾乎無法呼吸。有一首我很想要現

那首歌對生命有一種絕對，
真的很神奇，或許該這追錯過
來感動的我，就是一種絕對。

場聽的歌，這一首歌是我必須要排除萬難去這次演唱會的理由，然而等到了演唱會尾聲，偶像都沒有唱。盛典已經開始散場，我坐在場中傻傻發呆，從身旁經過的粉絲口中得知，這首我想要聽的歌在第一天的演唱會唱了，第二天的演唱會沒有唱。

我明明排除了萬難，卻仍硬生生錯過了我想要的美好。有時候世界就是如此諷刺，你最想要的你總是得不到。

在回程的時候，我訂的車票是十一點的，因為沒聽到歌的沮喪，我在場館發了一陣呆，我沒有想到，大量的人潮同時離場會造成堵塞，等我著急走出場館最近的車道時，已經塞得水洩不通。十點五十分，從場館到火車站，需要二十分鐘，而我還攔不到計程車。然後看著時間一分一秒過去，我錯過了我心愛的歌，我還錯過我回程的火車。

一個接著一個的錯過，沒有終點。

教訓 1：不要撒謊，然後吃虧的是自己。

教訓 2：別氣餒，別爛在一個錯過裡
（因為明天會有明天的錯過）

十一點十五分，我終於坐上了計程車，最後一班通宵回程的火車在十一點半，如果我錯過了，我第二天早上八點將無法如期回到交流會中，我的謊言將被拆穿。我以為一切都安排得妥當，可是我錯了，我總是會犯些過錯，然後錯過，然後承受結果。

十一點二十分，計程車司機終於開離了演唱會區域，司機是個帥氣的女司機，她看我心事重重的樣子，問我是趕幾點的火車，我有點氣餒，還需要二十分鐘的車程，我應該趕不上尾班車了，我跟她說。她撥了一下頭髮，讓我坐好，然後開始飆車，我其實並不知道她開得有多快，我當時精神恍惚得容不得我對一切驚訝。十一點二十七分，女司機說了價錢，讓我提前拿好包包，準備下車奔跑，我問她，我來得及嗎？她笑了笑說，不知道啊，看你有沒有全力跑吧。十一點二十九分，我抵達火車站。一下車，我連

跟女司機說謝謝的時間都沒有，我奮不顧身地往站內檢票口奔去。

一跑我就覺得自己快撐不住了。我從小就是一個很討厭奔跑的小孩，國中的時候被招進田徑隊，去了一次練習後就再也沒有去過了。我討厭奔跑，討厭這樣心臟像是故障一樣發狂跳動的感覺，我討厭拖著我沉重的身軀奔往那個我不知道要多疲憊才可以抵達的終點。

十一點三十分，火車的車門在我身後緊緊地關上，我靠著車門大力地喘著氣，大腦開始缺氧，眼前的車窗中車站緩緩被拋下，然後一幕又一幕新的夜景。我不知道剛剛那一分鐘發生了什麼，我也不知道我是怎麼快速地用手機檢票，我根本沒看清一切，我想的只是，我不能錯過了，我不能再錯過了。

很奇怪，後來我在其他演唱會中聽到原唱聽到了那首我心心念念的歌，可是我已經失去當天那種近乎發瘋地渴望聽那首歌的衝動。念情為是什麼？那一刻沒有就是永遠沒有，就成了永遠的執念和失去。

教訓3：時常警惕
教訓4：享受風景吧（因為別無選擇了）

把呼吸順下來之後，我去找我的座位。那是我人生中第一
次坐火車的硬臥，這趟火車要坐六個小時，抵達之後我還
要坐車回到學術交流會假裝昨天所發生的所有錯過都不曾
發生過，若無其事地跟老師報到。火車晃啊晃啊，我躺在
無數個人躺過那骯骯髒髒的床上，連被子也不敢打開，同
車廂的旅客已經睡昏過去了，輕輕地打著呼嚕，我就這樣
看著車窗外，太陽緩緩地升起。
我居然無奈地笑了出來。

教訓5：自己傻得可以

錯過就是這樣。無能為力又無可奈何。
可是也很值得，只要錯過發生，就一定不會不勞而獲或一
無所獲。無論是折磨還是飄泊，總有些成果。
你錯過了，然後知錯了，然後你要奔跑，趕往下一程，在
下一個錯過到來之前，拚命地上車。

來不及告訴你我不後悔愛過你。
來不及說聲抱歉已。

——我來得及嗎？
——看你有沒有全力跑吧。

奔跑啊，在下一個錯過之前，用盡全力地奔跑啊。

關於我們的相遇，我有多種比喻
比如大火席卷麥田
——我把所有收成抵擋給一場毀棄

余秀華《我們贖過又忘記》

生活是把錯過變成掌握。

想在墓誌銘上寫下的話。

「謝謝生命，生、死、悲傷和萬難，我都喜歡。」

謝謝你讀我。

生活是我來過。

⬤ **100+1**

#生活是我問你答

後記

屬於我的生活，我不會閃躲。

去年年底我讀到兩句話。

一句是來自杜斯妥也夫斯基在《卡拉馬助夫兄弟們》中寫到的：「愛生活甚於愛生活的意義。」（實際上書中是問號，但對我而言是句號。）另一句是卡繆先生在札記裡寫到的：「沒有生活的絕望就沒有生活的愛。」

愛生活是什麼，愛生活的意義又是什麼？生活的絕望是什麼，生活的愛又是什麼？在將近二十七歲的生日前夕，我決定要寫一本關於生活的書，去尋找那些難言可喻的、隱澀的、繁瑣的，關於生活的碎片。

我曾經寫過熱愛世界。

那也不過是兩三年前的自己，我寫了兩三本書，有成千上萬未知的故事想寫。我剛越過一個瀕死的深淵，我在滯緩的時光中找到了重新上路的辦法，雖然迂迴，但是憑著一腔孤勇還是去到了豐碩的山頂，在那裡辰宿列張。熱望讓我閃閃發亮，我帶著這樣的熱望，考上了研究所，去了一

個新的城市生活，擁有一些對生命的期望，一路邊走邊
愛，與這個世界碰撞，去看星辰大海，去愛日月盈昃，與
天地相惜。我喜歡奔赴，所以一遍又一遍把自己交給世
界，熱愛世界，我覺得自己無比熱愛這個世界。

因為疫情，流浪者被迫成為停留者，月光追捕者不得不變
成月光仰望者。每個人都是如此，被強制趕返回自己生活
的牢籠中，熱愛世界變成遙不可及的事，取而代之的是生
活。生活總是有界限的，太多的規則要遵守，而我們常常
不願意去承認界限的存在，所以我們既無所適從，又無可
奈何。生活，日復一日的生活，我無奈地與生活作伴，嘗
試去將自己沾上煙火氣，然而當我越去過生活就越發現生
活不值得我過。

我意識到熱愛世界的人很多，但真正能夠熱愛生活的人少
之有少。為什麼？因為生活中沒有星辰大海，沒有風月旖

旋，就只有柴米油鹽、你賺了多少錢、你花了多少錢、難搞的父母、難搞的上司、難搞的社交、難搞的自己、你愛一些人的某一部分、不愛一些人的另一部分、你懦弱又無知、平凡又不甘於平凡、你現實又不喜歡現實、你慕強但又不強大、你的錢永遠不夠花、你的理想永遠無法實現、有些高牆你永遠無法逾越、天大地大居然找不到愛自己的人或自己愛的人，被人欺騙、被人詆毀、被人背叛、被人嫌棄、被人拋棄、被人傷害、被人忽視、被人拒絕……這就是生活，這才是生活，而我們的人生就是被生活給鋪滿的。

我寫過要熱愛世界，但那些都是遙遠的事物，星辰大海，詩和遠方，太遙遠了，在生活的面前，一些美好都虛幻了起來。於是我又回到那個瀕死的深淵，腐朽的廢墟，所以我在生活中越來越冷漠，而我的生活也跟著變得冷漠，因為這就是生活，而生活就是我。
生活的意義，我發現自己一直一直在尋找一個虛幻的東西，而那個東西並不存在。於是我失望，於是我覺得人間不值得，生活不值得，世界永遠是好的，不好的是我們的生活，不好的是活在世界裡的人，不好的是我自己。

熱愛生活，怎麼樣才算是熱愛生活？

懷著熱望去過每一天就是熱愛生活嗎？保持對生活的思考卻在思考裡痛苦的我算是熱愛生活嗎？去做些毫無意義和不切實際的事可不可以也是一種熱愛生活的方式？去做些虛無的夢、去幻想不存在的事物、去愛遙不可及的人是不是熱愛生活的一種？好好吃飯、好好睡覺、好好活著才是熱愛生活嗎？做大家眼中乖的孩子就是熱愛生活嗎？做個善良的人、做個好人就能熱愛生活嗎？

我沒辦法自圓其說，因為生活是萬象。生活有太多的答案，所以我也可以這麼說，生活沒有答案。

生活是一塊無邊的碎片。

我仍然不知道生活是什麼，寫完書裡一百個關於生活的問題，還有生活的答案，雖然都只是一些生活的片段。寫了八萬多字，以前我還寫過更多，將來也還會繼續的寫下去，但我仍然還是不知道生活是什麼。在書裡每一個生活的碎片裡，生活的痛楚總是大於幸福，生活的可憐總是大於紀念，有時候今天想死，有時候今天想活，有時候今天只想得過且過。有時候笑著說，這就是生活；有時候哭著說，這

就是生活！而每個碎片裡的我都在糾結和矛盾，猶豫和躊
躇。吶，這會不會就是專屬於我，熱愛生活的方式呢。

對生活的絕望就是對生活的愛，沒有愛的人不會感到絕
望，他們只會覺得無所謂，所以此時此刻當我們糾結著生
活的痛苦和無助、孤獨和虛無，那是因為我們對生活有愛。

有愛的，我對我們的生活，對與生活作伴的自己，一直都
是有愛的。

寫完這本書後我終於想到了熱愛生活的定義 ——

屬於我的生活，我不會閃躲。

屬於我的難過，我不會閃躲。

屬於我的混濁，我不會閃躲。

這就是我。

我想對那些不再回來的人說，我不認輸。

我想對殘忍的生命和死亡說，我不認輸。

我想對一切無可奈何的事說，我不認輸。

我想對命運和平行世界的我說，我不認輸。

我想對所有絕對的事物說，我不認輸。

我想對我自己說，我不認輸。

「我愛我過的生活，我過我愛的生活。」

雖然這樣的話說起來容易做起來無比艱難，但我仍然想在
書的最後送給大家，就當作一個對生活的祈願。它可能不
會實現，但我知道今天過後，我仍然會舉步為艱，即使日
暮途窮，也還是會知難而進。因為我還活著，我還想去熱
愛些什麼。

最後我想感謝我的父母、我的室友、我的表妹、出版社的
夥伴們、貓貓宇宙和九月，還有自己，少了任何一個，我
都不能走得那麼勇敢無懼。

忽然想到了，去年拼過一幅中古地圖的拼圖，在地圖上
常常會寫有 Terra Incognita，是人類標示著「未知領域」
時會用的詞。未來的生活對我們來說就是一個又一個未知
之地，等著我們去勘察，我們不知道自己會遇見些什麼磨
難，同樣我們也不知道自己會找到什麼寶藏，所以不要拒
絕生活，不要拒絕自己的一切。

願我們一直赤誠可愛。

不朽

2022.07.31 23:48 TAIPEI

國家圖書館出版品預行編目資料

生活是無以名狀的碎片 / 不朽 著. -- 初版. --
台北市：皇冠文化出版有限公司, 2022.08
　面；　公分. --
（皇冠叢書；第5041種）(不朽作品集；2)
ISBN 978-957-33-3926-7(平裝)

855　　　　　　　　　　111011994

皇冠叢書第5041種
不朽作品集 2

生活是無以名狀的碎片

作　　　者—不　朽
發 行 人—平　雲
出 版 發 行—皇冠文化出版有限公司
　　　　　　台北市敦化北路120巷50號
　　　　　　電話◎02-27168888
　　　　　　郵撥帳號◎15261516號
　　　　　　皇冠出版社(香港)有限公司
　　　　　　香港銅鑼灣道180號百樂商業中心
　　　　　　19字樓1903室
　　　　　　電話◎2529-1778　傳真◎2527-0904
總 編 輯—許婷婷
責 任 編 輯—蔡承歡
美 術 設 計—嚴昱琳
行 銷 企 劃—薛晴方
著作完成日期—2022年7月
初版一刷日期—2022年8月
初版十二刷日期—2024年9月
法律顧問—王惠光律師
有著作權‧翻印必究
如有破損或裝訂錯誤，請寄回本社更換
讀者服務傳真專線◎02-27150507
電腦編號◎588002
ISBN◎978-957-33-3926-7
Printed in Taiwan
本書定價◎新台幣399元/港幣133元

●皇冠讀樂網：www.crown.com.tw
●皇冠Facebook：www.facebook.com/crownbook
●皇冠Instagram：www.instagram.com/crownbook1954
●皇冠蝦皮商城：shopee.tw/crown_tw